月華後宮伝2
～虎猫姫は冷徹皇帝と月を乞う～

織部ソマリ　Somari Oribe

ALPHAPOLIS WEB CITY SINCE 2000

アルファポリス文庫

https://www.alphapolis.co.jp/

目次

第一章　秘薬草と抱いてはいけない虎猫姫

朔月宮《さくげつきゅう》の菜の花も終わり、短い雨の季節が過ぎた茉莉花《まつりか》の香る頃。ちょうど半分の弦月が浮かぶ夜の下、凛花《りんか》は薄い上掛けの中でふと目を覚ました。

ぼんやりと開けた凛花の目には、静かに上下するはだけた胸が映っている。

（ああ、やっぱり今夜も寝付けなかったかぁ）

凛花は心の中で、溜息まじりに呟いた。

いつものように『抱き枕』を求め訪れた紫曄《しゅう》を迎え、牀榻《ねどこ》へ入った時の凛花は虎だった。だが、今夜の月は満月にはまだ遠い。紫曄が寝付いたあたりで凛花は人の姿へと戻る。

目が覚めたのは変化が解けたせいなのか、それとも頬をくすぐる寝息のせいなのかは分からない。そもそも最近の凛花は、紫曄と眠る夜に限って眠りが浅い。しかも一度目を覚ますと、その後はほとんど眠れなくなってしまう。

（主上はよく寝てる……）

凛花はホッとしつつも少し恨めしい気持ちで、規則正しく動く胸にぺとりと頬を寄せた。

硬い胸や抱きしめる腕、それから体温。肌から伝わるそれらが、凛花のぼんやりしていた頭を徐々にはっきりさせていく。

今、虎から人に戻った凛花は素っ裸で、紫曄は寝乱れた単衫《ひとえ》姿。ぴったりと肌が重なり、体温が混じり合う頃には凛花はもう駄目だ。頬も、抱きしめられた腰も絡められた脚も。紫曄が身じろぎする度、撫でる度に、ざわわと甘い痺れを感じてしまう。それが恥ずかしくて、だけど腕の中には留まりたい。だから凛花は、のぼせそうな頭で折衷案を捻り出す。

(ゆっくり……起こさないように)

胸の前で腕を縮こまらせ、そうっと体を反転させる。

(あ、風が気持ちいい)

少し汗ばんだ凛花の額や火照った頬を、夜風が撫ぜ冷ます。だが、同じく熱を燻らせている胸に風は届くはずもなく、凛花はふぅと熱い息を吐いた。

(主上の不眠症が良くなってきたところで、今度は自分が睡眠不足に悩まされるとは思ってもみなかったわ)

凛花は心の中でそう呟き、耳をくすぐる寝息に小さな溜息を漏らした。

（散歩に出た最初の夜も、目が覚めたらこうだったっけ）

『白銀の虎が膝から下りる時、月が満ちる』

その神託《しんたく》により、凛花が月華後宮《げっかこうきゅう》へ入ったあの満月の夜。虎となって駆け回り迷い込んだ先で、初夜《しょや》をすっぽかしたはずの皇帝・紫曄に出会ってしまった。

朔月妃《さくげつひ》・虞凛花《ぐりんか》としてではなく、白い虎の姿で。しかも迷い猫のようにうたた寝した状態でだ。

凛花が眠っていたのは紫曄の私室。不眠症を抱え疲れていた紫曄は、その愛らしい寝姿を見つけると、存分に撫で愛でた。そして、いつの間にか抱きしめ寝入ってしまい、目を覚ますと腕の中にいたのは裸の女、凛花だった。

身に覚えのないその状況は、凛花にも紫曄にも衝撃。だが紫曄にとって、それ以上の衝撃と混乱をもたらしたのは、久し振りの安眠だった。すっきりした頭と軽くなった体。それから心を満たした温もり。このふわふわの安眠枕はもう手離せない。

そして、白い虎猫の姫・凛花は、自身の虎化の秘密と引き換えに、紫曄の『抱き枕』となったのだ。

（最初は不本意だったけど、虎猫の私を撫でる主上の手は優しくて心地よかったし、そのうち心も通じたし……）

虎化の謎を解くため、月華宮の書庫を目的に入った後宮だった。書庫での調べは未だ道半ばだが、今の凛花はここでの暮らしにそこそこ満足している。

庭に小さな薬草畑を作ることを許され、『小花園《しょうかえん》』という後宮の薬草園の管理も任された。

元・神月殿衛士《しんげつでんえじ》である侍女《じじょ》の麗麗《れいれい》は頼りになるし、大書庫の主・黄老師《こうろうし》とも知り合え師事を受けている。その曾孫で、紫曄の侍従《じじゅう》でもある兎杜《とと》は、まだ幼いが頼れる将来有望な子供だ。紫曄の側近である双子の双嵐《そうらん》――雪嵐《せつらん》と晴嵐《せいらん》も『試し』を経て、凛花の価値を認めている。

月妃《げっぴ》と呼ばれる後宮妃は、凛花を含め現在四人。月の呼び名を冠し、序列順に上から弦月妃《げんげつひ》、暁月妃《ぎょうげつひ》、薄月妃《はくげつひ》、最下位が朔月妃の凛花だ。

（後宮らしい騒動もいくつもあったけど、一人を除いて他の月妃さま方との関係もいいし、私は幸運ね）

凛花に友好的なのは、二位と三位の二妃だ。暁月妃・赫朱歌《かくしゅか》は、元神月殿の月官《げっかん》で主上の幼馴染《おさななじ》み。中性的で素敵な女性だ。薄月妃・陸霜珠《りくそうじゅ》は武門の姫だが、優しく控えめな気質を持っている。二人はそれぞれの思惑《おもわく》と事情で後宮に入っただけで、妃の位にも寵愛にも興味はないらしい。

逆に、凛花に敵対し皇后『望月妃《ぼうげつひ》』の位を望んでいるのは、最上位の弦月妃だ。宦《かん》官《がん》の祖父を後ろ盾《うしろだて》に持ち、揃いの銀簪《ぎんかんざし》の侍女《じじょ》を使う高飛車《たかびしゃ》な美姫。『跳ねっ返り』

『薬草姫』と呼ばれ、民と共に畑仕事に勤しむ凛花とは、生まれ育ちに性格も正反対。艶やかな黒髪と輝く銀髪も対照的だ。

（相容れない方はもう一人いたけど、大騒動を起こして後宮追放になったものね）

当時、上から二位であった眉月妃《びげつひ》だ。凛花を拉致し、どこからか手に入れた媚薬《びやく》の香を使い、凛花を辱め、貶めようとした事件だ。

（私は無事に逃げられたたし、虎化した脚で眉月妃さまを踏みつけて報復もしたから気持ちはすっきりしたけど……。まだ一人、嫌疑が掛ったままの方がいるのよね）

皇后の位を狙っている弦月妃だ。状況証拠はあるが、物的証拠は何もない。要注意人物だと、侍女《じじょ》の麗麗は今も警戒をしている。

（でも、主上とはあの事件を切っ掛けに心を通わせたたし……悪いことばかりじゃなかったかも）

結果的に無事だったからそう思えるのだけど……と、物思いにふけっていた凛花の耳元に、ふう、と吐息が掛った。びくりと肩を縮こまらせ、そうっと背中側に目線を向けると、紫曄の寝息がまた凛花の耳をくすぐった。

（本当によく寝てるんだから）

ふっと笑みがこぼれた。

出会った頃の紫曄は、疲労が滲んだ寝不足の顔をしていた。だが、凛花を抱き枕にすることで全てが変わった。睡眠だけでなく、疎かにしていた食事など、生活面も改善させた成果、鈍痛が沁みついていた体も頭も、乾ききっていた心までもが回復した。

(前より厚みを増した胸は頼りがいを感じるし、肌の色艶もよくなったのはいいんだけど……)

凛花は背中に伝わる感触にじわりと頬を染めた。

思い出すのは、虎に変化する直前、紫曄に囁かれた言葉だ。

『お前と抱き合うのに、貧相《ひんそう》な体では格好つかないだろうが』

蕩けそうな笑顔と、そこに含まれた甘さに凛花は思わず息を呑んだ。そして、抱き寄せようと伸ばされた腕に捉まる前に、凛花は虎へと姿を変えた。

欲を滲ませた紫曄の言葉から、凛花は逃げたのだ。

睡眠という、人としての根本的な『欲』が満たされ、心身ともに健やかになりつつある今。紫曄がもう一つの欲を抱くのは自然なこと。

しかも凛花は紫曄の妃であり、ここは後宮だ。

(どうしよう)

居心地が悪いような、そわそわ落ち着かないような。凛花の胸をざわめきが波立てる。

もう一度寝てしまおう。寝直そう。凛花が自分にそう言い聞かせ目を閉じた瞬間、するりと太腿を撫でられ、ビクリと体が跳ねた。

「……ッ！」

寝入っている紫曄はきっと、夢の中で白い虎猫を撫でているのだろう。だが、今の凛花は人型だ。紫曄が安らぎを得るふわふわの毛並みはなく、その手が撫でるのはきめ細かでしっとりとした白い素肌だ。

柔らかな毛並みの虎猫と、滑らかな人肌。手触りは違っていても、心地いいのは同じ。脚を撫でる紫曄の掌は止まらない。

「っ、ん……」

くすぐったい。少し体を逃がそうと身じろぐと、凛花を抱きしめる腕に力が込められた。脚も絡められていて身動きはできそうにない。

だから腰をかすめる指先がこそばゆくても、首筋にかかる吐息に心臓が震えても、声を殺して耐えるしかない。

（ああ、もう無理……！）

凛花は己を撫でる掌の行方をただ思案して、頬や耳に溜まっていく熱に耐えていた。

月夜の『抱き枕』にはもう慣れたはずだったが、濃密になっていく夜にはまだ慣れていない。こんな風に熱を燻らせ、どうしたらいいのか、どうしたいのかと焦れる心と体との、折り合いがなかなかつかない。

『抱き枕』として夜を過ごすうちに、寵姫《ちょうき》と呼ばれることに反論はできなくなった。

しかし、二人は正しい『皇帝と寵姫《ちょうき》』の仲ではない。

共に夜を過ごすだけで、まだ夜を共にしてはいないのだ。

凛花は皇帝の寵姫《ちょうき》で、皇后・望月妃候補の筆頭で、心を通わせているが言葉通りの『抱き枕』役だ。夜毎《よごと》、愛でられているのは虎猫の姿であって、妃としてではない。

凛花は未だ、乙女のままだ。

「はぁ……」

凛花は緩まぬ腕に溜息を落とす。

後宮は静まり返っていて、凛花の聡い虎耳に届くのは、虫の声と紫曄の寝息だけ。

(前は私が人に戻った途端、目を覚ましていたのに……。本当にぐっすり寝てるのね)

紫曄曰く、ふわふわとした虎猫の抱き枕は寝入るのに最高で、寝入ってからは掌に馴染む人肌が心地いいらしい。

最近の状況を鑑みるに、紫曄にとってはその通りなのだろうなと、凛花はそう思う。

紫曄が求める『抱き枕』が変化してきていると、抱き枕にされている凛花は痛い程、困る程にも感じていた。

だって、呼ばれる名に、抱きしめられる腕に、指に、眼差しに。全てに愛しさが滲んでいる。一切隠すことなどせず、自分のものだと目を細め、紫色を蕩けさせて凜花を映す。

（確かに、私は主上のものなんだけど……）

困るのだ。

そんな風に、虎猫の抱き枕としてではなく、妃として求められると、どうしたらいいのかと困ってしまう。

『田舎姫《いなかひめ》や薬草姫と誹《そし》られても逃げてはいけませんよ』『いい子だから我慢するんだぞ』『女嫌いの主上に追い出されないよう、きっちり猫を被れ』と言われ後宮へ送り出されたのに、まさかこんな悩みを抱えることになるだなんて。

後宮で抱きしめられることに喜びを感じ、恥じらい、焦がれるような気持ちを知るなんて思いもしなかった。凜花はそう心の中で呟く。

（でも……。主上の気持ちに応えることは、今はできない）

何故ならば、凜花は虎に変化する血を持っているからだ。

いつか授かるかもしれない子に、自分と同じ思いはさせたくない。凜花はそう思っていた。

自分の中にある、獣の一部と折り合いを付けるまでの葛藤《かっとう》。決して知られてはならない秘密を抱える重圧。楽天的な性格の凜花でさえ、苦しく感じた日もあったのだ。

とはいえ、凛花の虎化体質を子が受け継ぐとは限らない。だが、もしも――

（皇帝の子が虎化してしまったら、大騒ぎになる）

冷遇《れいぐう》されるだけならまだいい。だがもしかしたら処分されるかもしれないし、凛花のように神託《しんたく》が下り、とんでもない役目を与えられるかもしれない。

それはゾッとするような未来だ。

更に後宮の月妃《げっぴ》であるからには、自分と子供だけでは済まない。実家である虞家《ぐけ》、出身地である雲蛍州《うんけいしゅう》という土地と民、麗麗をはじめとした朔月宮の者たち。最終的には凛花を寵姫《ちょうき》とした、紫曄にまで影響するだろう。

どうなるかは月の女神のみぞ知るところだが、虎化が一族の秘密とされている現状を顧みるに、楽観はし難い。

凛花はきゅっと唇を結び、自分を抱く腕にそっと頬をすり寄せる。

（私の心が決まるまで。不安がなくなるまでは、妃としてでなく、虎猫の抱き枕で許してもらおう……）

茉莉花《まつりか》の香りと、背中の温もりを感じながら、凛花はゆるりと瞼を閉じた。

◆◆◆

「麗麗、朝食届いてる？」

　早朝。

　ひょっこり厨房隣の房《へや》を覗き込んだのは、臥室《しんしつ》をこっそり抜けてきた凛花だった。

「はい。届いております……が」

　振り向いた麗麗は、少し困った顔で主に微笑み言った。

「凛花さま。また主上をお一人で置いてきましたね？」

「あー……。ええ、まあ。だってよく寝てらしたし……」

　夜中に何度も目を覚ました凛花と違い、深く眠っている紫曄は起床時間まで起きない。月が出ている夜中には、懐中の温もりが消えればさすがに気が付くが、日が昇るこの時刻まで寝入っていればそのままなのだ。

「またご機嫌斜めになってしまいますよ？　あの方」

「そうだけど……でも、目が覚めてしまったんだもの。いつまでも寝てられないわ」

　麗麗は屈めていた腰を伸ばし、上から凛花の顔を覗き込む。

「お顔の色がすぐれません。もう少しおやすみになってはいかがですか？」

「そう？　十分眠ったけど……」

　そろりと目を泳がせる凛花を、麗麗は渋く眉を寄せ見つめた。

　凛花の気だるげな様子は、愛されすぎた寵姫《ちょうき》というところだろうか。

もしも他の宮女官《きゅうにょかん》が今の凛花を見掛けたなら、サッと頬を染めそうだ。

この朔月宮にはそんな初心《うぶ》な者が多い。艶事《つやごと》にはまだ遠い少女や、後宮に染まっていない新人が集められているからだ。主上に無理をさせられているとは思えないが、近頃の凛花さまには憂いが見えるような……？

麗麗はそう感じているが、しかしまだ凛花の出方を待つ時だとも感じていた。侍女《じじょ》として頼られたなら力になる。主の意を量り手助けをする。新米侍女《じじょ》の麗麗が心がけていることだ。

「仕方がありません。では凛花さま、朝食の前に畑の水やりでもなさいますか？」

「やる！」

そのつもりだったのだろう、凛花は顔をぱあっと輝かせる。

「お待ちください、凛花さま。他者の目に触れる前にお着替えをいたしましょう」

「え、そんなに見苦しい？」

庭先だし構わないんじゃない？　と凛花は言うが、麗麗は苦笑してしまう。

「逆です。薄着が魅力的すぎて、起きてきた主上が臥室《しんしつ》に戻りかねませんよ」

少し前まで女嫌いだと言われていた皇帝だが、今は誰もそんなことを信じてはいない。朔月妃・凛花を溺愛しているのは、どこからどう見ても明らかだだからだ。

（でも、それならどうして憂いなど見えるのか？）

凛花の着替えを手伝い、食卓の準備に戻った麗麗は一人思案にふけっていた。

主が寵姫《ちょうき》であるのは間違いない。だがその上で、気になっていることがある。

凛花の朝の支度を手伝うのも、皇帝が訪れた臥室《しんしつ》を一番最初にあらためるのも、筆頭侍女《じじょ》――というかほぼ唯一の侍女《じじょ》である麗麗の役目だ。

だから、この違和感に気が付いているのは、きっと後宮で麗麗だけ。

（夜を過ごしたにしては、凛花さまの肌は綺麗すぎる）

あの溺愛っぷりを見た年嵩《としかさ》の女官が色々と教えてくれたのだが、肌に心配するような跡はない。それに牀《しんだい》の様子も、敷布は皺くちゃだが洗濯場に負担が掛るようなことはなく、時たま麗麗がそれらしい痕跡を捏造しているくらいだった。

（このことは隠しておいたほうがいい）

もし、まだ手が付いていないと露見《ろけん》したなら、凛花の寵姫《ちょうき》としての立場は一気に降下するだろう。寂しい朔月宮にやっと人が増え、庭も整い、後宮内で軽んじられることが減ってきたところなのだ。

決して外に漏らしてはいけない。

とはいえ、麗麗が恐れているのは、今の自分の地位を失くすことではない。

それらの影響が、凛花を取り巻く周囲に波及《はきゅう》することを恐れているのだ。主人の地位が下がれば、そこで働く者の地位も評価も下がる。同じ宮女であっても見下されるようになる。

元々が最下位の朔月妃、朔月宮だ。最下位でありながら、後宮内で一旦上がったその立場が下落した時に何が起こるか——

「凛花さまを守らなくては」

きっと宮女たちは、冷たい仕打ちをする他の宮の者でも、皇帝でもなく、凛花を恨むだろう。そして最悪、凛花が害される。

「そんな者ばかりではないだろうが……」

後宮に不慣れな者が多いだけに、どうなるか読めない。麗麗はそう思っている。もしかしたら、そんな心配は杞憂《きゆう》かもしれないが、予想以上に深刻なことが起こるかもしれない。

麗麗のように凛花自身の人柄に惚れ込んでいる者が多ければいい。これぱっかりはそう願うしかない。

（それにしても、主上は何を考えているのだろう？）

あんなに凛花を大事にして、周囲がつい見惚れてしまうくらい甘ったるく微笑むくせに訳が分からない。

「まったく」

いっそ前の主人であった暁月妃の朱歌に、主上はどのような人なのかと訊ねてみようか？　麗麗はそんなことを考えながら、粥の入った鍋やら食器やらをひょいひょい片手に積み上げていく。

どうして紫曄が、本当の意味で凛花に手を付けていないのか。その理由は分からなくとも、麗麗がすることは決まっている。

筆頭侍女《じじょ》として仕える主人を守る。それだけだ。

「よし」

麗麗は改めてそう心に決め、頷いた。

◆

麗麗が庭へ向かう途中、通用口をくぐる小さな姿が見えた。

「おや、兎杜。来ていたのですか」

もう双嵐まで出入りする朔月宮なのだ。正面から訪問すればいいのに、兎杜は公的なお役目でない限りこうして訪れる。

「麗麗、いいところに！　これ、老師が持っていけと……」

兎杜が両手で抱えていた箱を覗くと、旬にはまだ早い桃がたんまりと入っていた。

「すごい！　これはどうしたのですか？」

「お土産にと沢山頂いたそうです。ほら、この時期は沢山の方が黄老師に……というか、『太傅《たいふ》』にご挨拶に見えるでしょう？」

「ああ、なるほど」

「ふふ！　今年は特に多いんですよ！　皆様、朔月妃さまのお話を聞きたいようで、老師も苦心されてました。朔月妃さまのことを話しすぎると、焼きもち妬きの主上がへそを曲げますからね」

「ああ……。あの方はそういうところがありますよね」

『女嫌い』の評判はとっくに消えたが、『冷徹《れいてつ》な皇帝』の評判が消えるのも時間の問題だ。

それにしても、神託《じんたく》の妃であり、寵姫《ちょうき》と噂される凛花の影響は後宮の外にも出ているのだなと、麗麗はあらためて気を引き締めなければと思った——が、その時。

凛花の『びゃ！』という妙な声が聞こえ兎杜とひとまず駆け付けた。

すると飛び込んできた予想通りの光景に、麗麗と兎杜は顔を見合わせると、呆れ混じりに笑った。

不機嫌そうな顔をした紫曄が、如雨露《じょうろ》を持った凛花を背後から羽交い締めにしていたのだ。

「まったく……。我らが主上の新しい評判は『寵姫《ちょうき》を溺愛』でしょうか？」

「そうですねぇ」

再び顔を見合わせた麗麗と兎杜は、何とも言えずに溜息を吐いた。

「凛花、お前また俺を残して先に牀榻《ねどこ》を抜け出したな」

「だ、だって！　主上はよく寝てたし、私は畑の世話をしたかったんですもの！」

「なるほど。俺よりも畑を選ぶと」

兎杜の言う通り、紫曄の焼きもちは厄介そうだ。そんなに寝ても覚めても凛花に触れていたいのか？　それともこれはお仕置きのつもりなのだろうか。

紫曄は凛花を懐に抱き込んで、右手の如雨露《じょうろ》を取り上げじゃれついている。

「ちょっ……主上！　あ、麗麗！　もう、兎杜も見てるじゃないですか！　いい加減にしてください！」

照れる凛花と知らんぷりの紫曄を眺め、麗麗はふぅと息を吐いた。

つい先程まで『主上は何を考えているのだろう』と懸念《けねん》し思案していたが、下らないことを考えていたものだと思ってしまった。

どう見ても、凛花は愛されている。

「麗麗。僕、最近の主上を見ているとちょっと……」

「何かあったのですか？　兎杜」

たった今、二人は心配ないと思ったところなのに。麗麗は眉根を寄せ、兎杜の話を聞こうとしゃがみ込む。

「いえ、その……主上って、朔月妃さまのことが好きすぎますよね？　後宮を開くまでのあの苦労は一体なんだったのだろうかと……」

「……ああ。そっちですか」

後宮などいらないと言い張り、どの妃にも興味すら示さなかったのに、凛花だけが違っていた。神託《しんたく》のおかげだと神月殿が持ち上げられ、神月殿側も、自分たちの手柄だと声高らかにしてるらしい。

「でも、主上のお世話をしている輝月宮《きげつきゅう》の皆は、今とっても喜んでいるんですよ」

「それは有り難いことです。凛花さまもホッとされるでしょう！」

実のところ凛花は、紫曄とのこの朝食会を続けていいものか……と気に掛けていたのだ。

本来なら紫曄の朝食の場は輝月宮《きげつきゅう》のはず。それを週に二度も三度も、最下位の朔月宮が奪っているのだ。あちらの厨房はきっと面白くないだろう。輝月宮《きげつきゅう》で調理された朝食を運び入れることも検討している。

「あ、そこはご心配なく。以前も言いましたが、元々、主上は書庫で朝食を取られることが多かったですし、あちらの厨師長《ちゅうしちょう》も、食べてくれるだけで……！　と涙ぐんでいるくらいです。それから双嵐のお二人も！　なんだか最近とってもご機嫌なんですよ？」

　お二人の部下の方々も、秘かに朔月妃さまに感謝されているみたいです。と、兎杜はにっこり顔で言う。

「あのお二人が？　少々意外……いえ、そうかもしれませんね」

　雪嵐と晴嵐は、ぽっと出の妃に幼馴染《おさななじ》みの主を横取りされ、最初は面白く思っていないようだった。警戒もしていただろう。

　しかし、あの公開調練での彼らの試しを、凛花は斜め方向に跳び越えてみせ、双子に認められた。紫曄だけでなく、双嵐に、黄老師にと、周囲にも受け入れられたことは凛花にとって大きい。

「輝月宮《きげつきゅう》や側近の方々が凛花さまの後《うし》ろ盾《だて》とは、有り難いことです」

　少し前まで、後宮で一番力を持っていたのは、宦官《かんがん》勢力を後《うし》ろ盾《だて》とする弦月妃だった。最初に後宮入りし、皇后の最有力候補だと誇っていたのだ。現状を忌々しく思っているのは確実。

　凛花の味方を一人でも多く増やしたい状況だ。

「はい。それに、やっぱり自分の主人が幸せそうにしているのは嬉しいものですから！　朔月妃さまが早く望月妃の位についてくだされればいいのですが……」

「そうですね」

だが、それを固辞しているのは凛花だ。

周囲はせめてもっと上位の月妃《げっぴ》の位を！ と勧めたが、凛花はどうしても頷かない。

『位を上げる根拠となる功績が私にはないでしょう？』凛花はそう言って断ったきり、ただ楽しそうに庭の畑を手入れし、小花園《しょうかえん》へ通っている。

「朔月妃さまも主上を好いてらっしゃるように見えるのですが……。どうして望月妃になってくださらないんでしょう？」

兎杜の目線の先では、凛花が取り上げられた如雨露《じょうろ》を取り返そうと手を伸ばし、紫曄がその度に如雨露《じょうろ》を振り上げる。するとその筒先からは水が零れ、当たり前のように二人を濡らしている。

一晩中共にいて、朝から尚この睦まじさだ。

兎杜の疑問はもっともであるし、麗麗も同じように不思議に思う。

「私には分かりませんが、きっと凛花さまには何かお考えがあるのでしょう」

「お考えですか。軋轢《あつれき》を避けるため……じゃ普通すぎますね。あ、功績か。もっと目立つ手柄をもって望月妃となるおつもりなのかな……？」

兎杜はうう～んと首を捻り、独り言を呟く。

分からないことは分からない。それならば、自分の目に見えているものを信じるだけ。麗麗はそう結論付け、自分よりも賢い子供の頭をぽんと撫でた。

そして、パンパン！　と手を叩き、主たちの戯《たわむ》れを止めに入る。

「さあさあ、お二人とも！　水遊びは後ほど、湯殿でごゆっくりどうぞ！」

「朝食の用意ができてますよ！　主上、朔月妃さま」

麗麗は凛花の背を押し、兎杜はクスクス笑いながら紫曄の腰をぐいぐいと押す。畑で遊んでいた二人の足元は泥だらけだ。

これでは本当に、この後は湯を使う必要があるな。麗麗はそう思った。

「まったく仕方のない方々だ。……ああ、兎杜も食べていきますよね？」

「はい！　もちろんです！　僕、そのために朝からお使いをしたんですから」

主たちの背中の後ろで、凸凹の二人は笑った。

◆◆◆

すっかり定番となってしまった庭先の食卓には、温かな料理が並んでいた。

本日の献立は、鮮やかな色をした緑の豆の羹《スープ》、粥には、混ぜ込まれた黄色い玉蜀黍《とうもろこし》の粒がつやつや輝いている。それからあっさりとした鶏の燻肉《ハム》、トロトロになるまで煮込まれた甘辛い豚の角煮など。

「このお粥、ほのかに甘い……！　玉蜀黍《とうもろこし》ね！」

凛花は上機嫌で粥を口に運び、紫曄はとろみのついた羹《スープ》をのんびり食している。食欲は出てきても、朝に弱い体質なのは変わらないらしい。

早起きして動いていたのだろう兎杜は、二杯目の粥を玉米鬚《ぎょくべいじゅ》とはと麦のお茶で流し込んでいる。玉米鬚《ぎょくべいじゅ》は、元は玉蜀黍《とうもろこし》のひげである生薬だ。

「麗麗は、今日も一緒に食べないんですか？」

小さな口に大きな角煮を押し込んで兎杜が言う。

この庭の食卓は無礼講と決まっている。だから紫曄の侍従《じじゅう》でもある兎杜が、こうして席に着いているのだ。

「ええ。明明だけに給仕をさせるわけにはいきません。――はい、兎杜には一足先に甜点《デザート》の『葡萄《ぶどう》の糖蜜煮』ですよ」

「わぁ！　大粒ですね！」

とろりとした蜜が初夏の日差しにきらきら煌めいている。これは齧るか一口で頬張るか、迷う大きさだ。一口でいったなら、蜜と一緒に葡萄《ぶどう》の果汁がじゅわっと口に広がるだろう。

さて、どう食べようか。

糖蜜煮を睨む子供らしい兎杜の姿に、紫曄と凛花はぷっと笑い声を掛ける。

「兎杜、喉に詰まらせるなよ？」

「慌てないで食べて、兎杜」

「……主上、朔月妃さま。今だけご無礼をお許しください！」

兎杜はそう言うと、行儀作法を無視をして、大口を開けて葡萄《ぶどう》を口に放り込んだ。

そして目を見開き頬を押さえ「美味しい！」と瞳を輝かせた。


「美味しかったけど……なんだか、粒つぶしいものが多くなかった？」

食後のお茶を飲み、凛花がボソリと呟いた。

玉蜀黍《とうもろこし》に豆、それから葡萄《ぶどう》。どれも時期のものであるが、粒が集まった食物だ。

「……お前、ここをどこだと思っているんだ？」

紫曄がちょっとばつが悪そうな顔を見せて言う。

うんざりとは違う、その少し照れたような顔を凛花は不思議に思った。

「朔月宮ですが……」

「凛花さまったら。ここは後宮でございますよ？」

「子孫繁栄《しそんはんえい》の縁起担ぎですね」

桃を盛った大皿を運んできた、明明《めいめい》と麗麗が笑って言った。

あの事件の後、明明は書庫付きとなったが、凛花の侍女《じじょ》としても働きたい！　と、
限られた時間のみ朔月宮に顔を出している。逃げた明明を弦月妃がどう思っているか、

まだ不安が残っているからだ。

実が多く生る食物は多産の象徴。凛花が朔月宮へ来てひと季節が過ぎたことで、厨房も期待と願いを滲ませたのだろう。

「桃も縁起の良い果実ですしね！　これ、老師に届けられたんですが『朔月妃さまにもぜひ』って言ってたそうです」

「そ、そうなの……。ありがとう」

まさか厨房や客にまでそんな意味と期待を向けられるとは……！　と、凛花は改めて後宮の妃という役割に頬を赤らめた。最近の夜の悩み事とも繋がっていて、これは本当によく考えないと面倒なことになりそうだと思う。

「まったく。余計なお世話だ」

紫曄はプイと顔を背けると、少し俯いた凛花の頭を軽く撫でた。

凛花の密かな悩みを知っているのか知らないのか、それとも紫曄にも何か思うところがあるのか。凛花に見えないその顔はどんな表情をしているのだろう？　と覗き込むが、撫でる掌で頭を押さえられてしまい見せてもらえない。

「ふふ。お二人は本当に仲良しですね！　主上、今年の星祭《ほしまつり》の祈念舞《きねんまい》はやっぱり朔月妃さまですよね？」

嬉しそうにそう言う兎杜に、凛花は首を傾げる。

「あ、星祭といえば！　麗麗、ご依頼の資料、黄老師から預かってまいりました」

「おお、さすがお早い。凛花さま。本日は星祭について色々とご相談がございますので、小花園《しょうかえん》へ行くのはお休みしてくださいね」

「え？」

皆が訳知り顔で話す中、凛花だけがきょとんとしていた。

「凛花。星祭前のこの時期、女たちは忙しいのではないか？」

「ああ、まあ……暇ではないと思いますけど……？」

あれ？　と凛花は大きく首を傾げた。

『星祭』とは、夏に各地で行われる祝祭のこと。

月の女神を崇めるこの国では、月にちなんだ祝祭は多く盛大だ。宮中でも、観月会《かんげつかい》をはじめ数々の行事や祭りがある。

そんな中、星祭は数少ない星――月を象徴とする皇帝の、その周囲を飾る星は月妃《げっぴ》とされている――つまり、女たちが主役の祭りだ。

星河《せいが》を挟んだ恋物語のお伽噺《とぎばなし》もあり、恋人たちが集う祭りの側面もあるが、一般的には書道や裁縫《さいほう》の上達を祈る祭りだ。

「そうですね。衣装の手配や儀式に向けての準備など、大変なのは朔月宮の者たちでしょうか。ねえ、麗麗、明明？」

兎杜が無邪気に訊ねると、侍女《じじょ》二人は少々げんなりした顔で頷いた。

「その通りです。ですが凛花さまも覚えることが沢山ございますよ！」

「黄老師から、歴代の望月妃による祝詞《のりと》集をお借りしてきました。それから祈念舞《きねんまい》の指南《しなん》役も探さないといけませんね」

——望月妃による祝詞《のりと》？　祈念舞《きねんまい》？

凛花は困惑した顔で腕組みし呟いた。

「それ、『月妃《げっぴ》』がやるの？　星祭の祈念役って『清らかな乙女』でないといけないはずじゃ……？」

自分はまだ乙女だが、一応は後宮妃だ。星祭の主役にはなり得ないはずではないか？

「乙女……ですか？　元々はそうだったのでしょうか」

「女性が自分で織ったり縫ったり、刺繍《ししゅう》したりした衣装を着るお祭り……ですよね？」

麗麗と明明が『そうよね？』と顔を見合わせた。

おかしい。自分が知っている星祭と違う。凛花は益々混乱を強める。

「待って。星祭って『清らかな乙女が織った衣をまとい、秋の豊穣《ほうじょう》を祈る』豊穣《ほうじょう》祈念のお祭りよね？」

えっ、と。皆が驚き顔で凛花を見つめた。

「なるほど。各地方によって少しずつ内容が違うと聞いてはいたが……。雲蛍州では豊穣《ほうじょう》祈念の祭りになっていたか」

紫曄がくくっと笑う。

「薬草三昧の田舎州で大変失礼しました」

凛花はちょっと拗ねた赤い頬で桃をかじって言った。

凛花の故郷・雲蛍州では、夏に行われる星祭は、やがて迎える秋の実りを祈る祭りとしての意味合いが強かった。特産の薬草は季節ごとに様々採れるが、やはり冬場には少ない。だから厳しい冬を迎える前に、最後の薬草収穫と五穀豊穣《ほうじょう》を祈るのだ。

そんな雲蛍州ならではの事情と一般的な星祭とが混ざり合い、『清らかな乙女が織った衣をまとい、秋の豊穣《ほうじょう》を祈る』祭りになったのだと思われる。

ちなみに雲蛍州では、星河《せいが》を挟んだ恋人たちの伝説よりも、恋人に会うために河を渡った虎のお伽噺《とぎばなし》のほうがよく知られている。ちょっと変わった虎伝説の多い土地なのだ。

「凛花、拗ねるな。教えなかったこちらの落ち度だな。それで麗麗、準備は進んでいるのか？」

「はい。進めてはおりますが……。侍女《じじょ》として未熟な私の落ち度でございます」

「まずは衣装か？　凛花の衣装は良いものだと思うが」

「凛花さまが雲蛍州から持ち込まれたものが多いのです。少しずつ仕立てております」

言われてみれば、と凛花は自身の衣装を思い浮かべる。

雲蛍州は国の端だが、近隣には織物や染色を得意にしている郡領《くに》や州が多い。緑豊かな雲蛍州では、養蚕《ようさん》を行っている地域もあり、田舎と呼ばれてはいるが布地に困ったことはない。

「星祭のことは神月殿に任せていたが……。皇太后《こうたいごう》やさきの月妃《げっぴ》がいない後宮というのは初めてのことだったな」

庭にフッと沈黙が落ちた。

後宮の奥にいるだろう皇太后《こうたいごう》や前月妃《ぜんげっぴ》がいないのは、紫曄が追放したからだ。様々な噂を耳にしてはいるが、凛花はその行方についてまだ聞けないでいる。

星祭は月妃《げっぴ》にとって一大事だが、紫曄にとっては皇帝として臨席するだけの祝祭。それほど気に掛けていなかったが、よく考えてみれば妃を迎えて初めての星祭だ。前回と同じにはいかない。

「そうですよ、主上。それに今回は、民たちの前に月妃《げっぴ》さま方が初めてお目見えになるのですから――」

「えっ？」

兎杜の言葉に凛花が思わず声を上げた。

「待って、月華宮内で行われる祭りではないの？」

「違う。皇宮の前に広場があるだろう？　一番大きな秋の月祭《つきまつり》と星祭の時だけは広場を開放し、皇帝や妃たちが祈念する姿を民に見せるのだ」

「知らなかった……！」

雲蛍州の祭りでは、州侯一族は挨拶をする程度で、民と一緒に祭りを楽しむことはなかった。凛花がこっそり祭りに参加することはあっても、祈りを捧げる役目は街一番の乙女のもの。そして虞家《ぐけ》が行う星祭は、一族の特別な場所で祝宴を開き祈るものだった。

「麗麗、ごめんなさい！　私も共に準備をします。あと、星祭について詳しく教えてくれる？」

「もちろんです。私こそ、段取りができてからお話ししようと思っていたのですが、遅くなってしまい申し訳ございません」

凛花は謝罪する麗麗の手を取り「いいのよ」と微笑む。

まさか星祭の在り方がここまで違っているとは、凛花も紫曄たち皇都《こうと》の者も、思ってもみなかったことだったので仕方がない。

「いや、祭りについて何も伝えず、指南《しなん》役を付けなかった俺がいけなかった。麗麗、許せ。それから凛花、祈念舞《きねんまい》や祝詞《のりと》の奏上については後日あらためて話そう」

「はい！」

そして紫曄を見送って、凛花はふと思った。

――星祭での祈念舞《きねんまい》や祝詞《のりと》の奏上役とは、月妃《げっぴ》にとって特別な意味のあるお役目なんだろうか？　と。

◆

その日の午後、凛花が麗麗から星祭について説明を受けていると、朔月宮に意外な訪問者が現われた。

「――朔月妃さま。お変わりなくお過ごしのようで何よりですわ」

報せを聞き、駆け付けた凛花をゆったりと迎えたのは、弦月妃・董白春だ。

揃いの銀簪《ぎんかんざし》を挿し、紅梅色《こうばいいろ》の衣装をまとった侍女《じじょ》を複数人従え、堂々と微笑む姿はまるでここの主のよう。

室の隅には、突然の訪問に大慌てで客間を整えた女官たちが、疲れを隠せないまま並んでいる。

「弦月妃さまにおかれましてはご機嫌麗しく。本日は弦月宮《げんげつきゅう》からわざわざお越しいただきまして……何か大事でもございましたでしょうか」

凛花は麗麗を従え、下位の妃として跪き礼を取る。

「まあ、お楽になさって？　朔月宮はあなたの宮ですもの」

弦月妃は扇で口元を隠し、ふふ、とたおやかに微笑む。

その言葉で凛花は顔を上げ笑顔を返すが、顔を伏せたままの麗麗や女官たちは『なんと図々しい』と眉をひそめた。

本来、訪問の際には数日前に先触れを出し、約束を取り付けるものだ。

それは月華宮に限ったことではなく、よほど親しい仲や身内でない限り、当たり前に行われること。この手順を飛ばしての訪問は、普通なら無作法者と見られ、常識のない者として相手にされなくなる。

だが、現在最上位の月妃《げっぴ》である弦月妃が、最下位の凛花に対して行ったとなると、その解釈は少々変わってくる。

弦月妃は、最上位は自分なので無礼にはあたらない。または無礼をしても構わない。それと、寵姫《ちょうき》である凛花よりも、自分のほうが上位であると誇示したかったのかもしれない。

（でも、上位であるなら、それこそ礼にかなった言動をするべきと思うけど……）

目の前の弦月妃は、相変わらず豪奢な衣装をまとった美少女だ。高慢な視線は凛花を見上げても尚、上から目線を隠していない。

(とはいえ、まだ十六だものね。最下位の私が寵姫《ちょうき》と呼ばれる現状が我慢ならなかったのかも)

幼稚な嫌がらせをするわけではなく、『上位の者』として振る舞うあたりはさすがお嬢様だ。月妃《げっぴ》の位を返上し後宮を去った、元眉月妃と比べれば品位はある。

凛花は内心で溜息を吐いたが、気を取り直して弦月妃にお茶をすすめた。

何の用だか知らないけど、いい機会だ。宦官《かんがん》を祖父に持つ完璧なお嬢様なら、月華宮での星祭についても詳しいだろうし、ここは図々しく聞いてやろう！　凛花はそう思い、茉莉花《まつりか》茶を一口飲んだ。

「本日はこちらをお持ちしましたの。どうぞ、ご覧になって？」

そう言って、弦月妃が差し出したのは箱に入った古い巻物だった。

かすれているが、そこには流麗《りゅうれい》な文字で『小花園図《しょうかえんず》』と書かれている。

「これ……」

凛花は紐をそっと解き、ゆっくりと巻物を広げてみた。

「すごい……。このようなものが残っていたのですね」

そこに描かれていたものは、小花園《しょうかえん》の季節ごとの植栽図《しょくさいず》だった。

『小花園《しょうかえん》』は昔の望月妃が皇帝から賜り、作り上げた薬草園だ。後宮の奥にあり、歴代の望月妃に継承され、次第に宦官《かんがん》が管理するようになった。今は凜花が管理を任されているが。

（いつの時代のものかは分からないし、畑の形も今とは少し違っている。でも、この記録があれば、荒れ放題になっている小花園《しょうかえん》を整備するのにどれだけ役立つか……！）

しかし、弦月妃が凜花にこれを渡す意図が不明だ。

（弦月妃さまは小花園《しょうかえん》の花から美容液を作っていた。それからあの事件で使われた香も、原料は同じ……）

彼女は高飛車《たかびしゃ》だが愚かではない。この植栽図《しょくさいず》があれば密かに自分の利を得ることもできるのに。凜花は植栽図《しょくさいず》を見つめ、心の中で密かにそう訝《いぶか》しむ。

「わたくし、祖父よりこちらの図を借りておりましたの。ですが、薬草に詳しくないわたくしが持っていても宝の持ち腐れ。それならば『薬草姫』と名高い朔月妃さまに……と、急ぎお持ちしましたの」

訪問は嫌がらせでも、無礼を働こうとしたわけではないのよ？　と弦月妃が微笑む。それこそ、そういうつもりだったと言っているようなものだが、凜花は何も言わずににっこりと微笑み返す。

「お気遣いいただきありがとうございます。大切に使わせていただきます。弦月妃さま」

（まあいいか！　何か魂胆《こんたん》があろうが嫌がらせだろうが、ずっと欲しかった植栽図《しょくさいず》が手に入ったんだもの！）

小花園《しょうかえん》の植栽図《しょくさいず》など、あの薬草園の価値が分からない者にとっては、取るに足らないがらくただろう。だが、凛花にとってはまさに宝物、宝の地図だ。

（ああ、どんなものを植えていたのだろう？　どんな風に薬草園を作り、どのような管理をしていたのだろう？）

小花園《しょうかえん》は調査をしながら、少しずつ整備を進めている最中だ。知りたかったこと、答えに繋がる切っ掛けがここに記されているはず。

凛花はお茶そっちのけで巻物に見入ってしまった。そのうちに、心の底から嬉しくなってきて、月妃《げっぴ》らしくと貼り付けた微笑みが素のものに塗り替わってしまう。

「あら。私ったら弦月妃さまの前で失礼いたしました。この度は本当にありがとうございます！　弦月妃さま」

凛花はにっこりと、満面の笑みで弦月妃にそう言った。

嬉しそうに植栽図《しょくさいず》を撫でる凛花を横目に、弦月妃はお茶を一口だけ飲むとさっさと席を立った。植栽図《しょくさいず》を渡してしまえばもう朔月宮になど用はない。そのような感じだ。

「お忙しいところお邪魔しましたわ。ごきげんよう。朔月妃さま」

お忙しいというのは、さすがに嫌味なのだろうなと凛花も理解する。

突然の訪問だったため、弦月妃が来ていると知らない者が多数なのだ。

だから、やっと凛花直々に『星祭の準備に取り掛かるように』と申し付けられた女官たちは、宮をばたばたと行き来しているのだ。

「お騒がせしまして、失礼いたしました」

「……星祭の準備かしら？」

「はい。徐々に進めているところです」

すると、弦月妃が扇の裏側でクスリと笑った。

「わたくしも祈念舞《きねんまい》のお稽古で忙しいの。朔月妃さまも、わたくしの舞を楽しみにしてくださると嬉しいわ」

「ええ。お忙しい中ありがとうございました」

(弦月妃さまも忙しかったのか。それなのにわざわざ植栽図《しょくさいず》を手渡しに来てくれて……ああ、貴重なものだと理解してのことかもしれない。高飛車《たかびしゃ》だし疑惑はあるけど、真実悪人ではないのかも)

弦月宮から保護した明明の今後のことも思うと、そうであってほしいと凛花は思った——のだが。弦月妃は不愉快だという顔で凛花を一瞥すると、紅梅色《こうばいいろ》の衣をひるがえし、足早に朔月宮を去っていった。

突然笑みを消し歪められた顔に、凛花は『何かやらかしたのでは？』と思う。

「……ねえ？　麗麗。私、何か失言したかしら」

「はい。凛花さまにはまだお教えしておりませんでしたが、星祭での祈念舞《きねんまい》と祝詞《のりと》の奏上は、望月妃、もしくはその候補となる寵姫《ちょうき》のお役目なのだそうです」

『わたくしの舞を楽しみにしてくださると嬉しいわ』

弦月妃のあの言葉は、自分が望月妃候補だと言っていたのだ。

「ああ、あれはそういう意味だったのね」

「はい。寵姫《ちょうき》として知られている凛花さまに対して、まったく失礼な方です。ですが……」

麗麗はぷっと噴き出す。

「いい返しでしたね、凛花さま」

「本当ね。変な返しをしなくてよかったわ」

先程の凛花の言葉は、『無駄なお稽古をしているのね？　ご苦労さま』と嫌味を言ったようなものだ。失言といえば失言だが、今回は無難に『お忙しい中ありがとうございました』と返して正解だった。

含まれている意味が推察できない時には、できるだけ言葉少なくするに限る。

もしさっき、『楽しみにしております』と凛花が言ったなら、弦月妃が祈念舞《きねんまい》を舞うことを認めたとみなされたかもしれない。『やれるものならやってみろ』という挑発にも取られたかもしれないが。

「あー……後宮って難しいわね」

少し気が沈んでしまう。やっぱりこういうやり取りは神経を削るし、凛花には向いていない。心に繊細とは言えない虎を飼っているので。

「よし。こういう時は気晴らし！　麗麗、ちょっとだけ小花園《しょうかえん》を見に行ってもいい？　せっかく植栽図《しょくさいず》が手に入ったんだもの、少しだけ調査したいの」

今、小花園《しょうかえん》では明明を筆頭に、薬草や野草、畑仕事に親しみのある宮女たちが作業をしているはずだ。

そろそろ八つ刻だ。労いがてら、お茶とお菓子を差し入れるのもいいだろう。

「ええ。私も気分転換がしたいと思っていたところでした」

麗麗は頷くと『ん〜っ！』と腕を伸ばし、ニカリと笑った。

◆◆◆

明明は汗を拭い、フゥと息を吐いた。

薄い日射しの中、小花園《しょうかえん》で働いているのは明明を筆頭に五人ほど。皆、平民出身の宮女たちだ。薬草の知識があったり、畑仕事に慣れている者をと募ったのは、主である凛花だ。
「だいぶスッキリしてきたかしら」
明明は被った笠の、大きなひさしの陰から顔を上げ小花園《しょうかえん》を見渡した。
今は少しずつ人を増やし、繁殖している植物を調べ、余分な分を間引き整備してい
る最中だ。しかし手を付け始めたのが春で、今は初夏。植物たちが一番茂るいい時期
とも重なって、作業は一進一退だ。
「……いい匂い」
明明は草の香りを目一杯に吸い、深呼吸をする。ああ、少し青臭くて清々しい大好
きな匂いだ。明明はそう思い微笑む。
少し前までいた……というか、ほとんど閉じ込められ酷使されていた弦月宮とは大
違いの環境だ。同じ月妃《げっぴ》でも、人柄と配下への待遇がこうも違うものかと今も驚く。
正式な所属は大書庫となっているが、明明の主は朔月宮の凛花だ。
「よし、もうちょっと頑張ろ――」
「――皆！　休憩にしてください！」
その声にハッと後ろを振り向くと、明明たちと同じく笠を被り細袴を穿いた、凛花
と麗麗がいた。

◆◆◆

小花園《しょうかえん》の四阿《あずまや》で、薬草畑を眺めながらのお茶の時間だ。普通では考えられないが、同じ板の間に凛花と宮女が座り菓子を摘まんでいる。

最初は畏れ多いと地べたに平伏した宮女たちだったが、凛花が『私、故郷ではいつもこうだったのよ？　同じ畑で働く私たちは、ここでは仲間でしょう？』とあっけらかんとした顔で言い、裸足で地べたに降り、宮女の土で汚れた手を取った。それから、ここでは身分の上下はなし。『仲間』として仕事をし、お八つを楽しむ。

「明明、仕事の進み具合はどう？」

「はい！　雑草の駆除は大体終わりましたが、この陽気ですのでまぁ……いたちごっこですね。繁殖力が強すぎる薬草は一旦大幅に刈り、貴重と思われるものは鉢へ移したり、仮の畑へ移動させてます」

報告しながらぽりぽり摘まんでいるのは、米粉の揚げ菓子だ。まとわせてある水飴の甘さが疲れに沁みる。

「なるほど。意外と面白い薬草が残っているのね。ここの土地に合ってるのかな……？」

凛花は明明が記していた図を覗きながら、冷茶を一飲みする。そしてうずうずした様子の宮女たちに微笑むと、「皆も何か気付いたことはある？　遠慮なく教えてちょうだいね」と言った。

それを合図に、皆は順番に凛花に話しかけ始める。

「朔月妃さま、あちらのほうに蜂《はち》の巣を見つけました。きっと植物の育成を助けてくれるでしょう」

「朔月妃さま、一部、土の具合が気になるところがございました」

「朔月妃さま、あちらの茂みに実のなる木を見つけました」

「朔月妃さま、食材としても使える芋類がございました！　美味しそうです！」

「へえ！　どれも気になる……もう少し人を増やして調査したいところね。明明は？　報告書はあとで読ませてもらうけど、他に何か気になることはなかった？」

その言葉に、明明はそっと口を開いた。

「実は先程……数名の宦官《かんがん》が視察に参りました。その後、何故か神月殿の月官《げっかん》まで来ました……。あ、月官《げっかん》はもちろん女性でしたので、皆に危険はございませんでした。どちらも特に何かを聞かれたり、調査していたような様子はなかったのですが……」

「宦官《かんがん》と月官《げっかん》が？」

なんだその組み合わせは。別々に来たとはいえ、同日に顔を見せたことなどない者たちが急に訪れたのは気になる。

「麗麗、どう思う？」

凛花はすぐそこで素振りをしている侍女《じじょ》に意見を求めた。麗麗は元神月殿の人間だ。自分よりも宮中や月官《げっかん》のことを理解しているはず。

「そうですね……何か企んでると思いますが、申し訳ございません。私には見当は付きません！」

きっぱりとそう言った。

予想通りの答えだったので、がっかりはしないが苦笑が漏れた。

だが凛花は、麗麗のこんなところが好きだ。裏表で顔を使い分ける者ばかりの後宮で、麗麗のような実直な侍女《じじょ》は貴重だし、一緒にいて心地よい。まあ、こういう場面であまり期待できないのは残念ではあるが。

「やっぱり、『植栽図《しょくさいず》』と何か関係があるのかな」

弦月妃から突然譲り受けた、あの小花園《しょうかえん》の植栽図《しょくさいず》だ。小花園《しょうかえん》は宦官《かんがん》の管轄であり、凛花が管理を任された今も厳密には宦官《かんがん》の管轄内ではある。

宦官《かんがん》と弦月妃《げっかん》。両者に何らかの思惑《おもわく》がないとは考え難い。だが月官《げっかん》は……？

「凛花さま。月官《げっかん》といえば、神月殿にも薬草園がございます。もしかしたらその繋がりで視察に訪れたのでは……？」

「そうね。皇都《こうと》・天満《てんまん》の神月殿は、国一番の薬師がいる薬院ですものね」

その可能性はある。

埋もれていた『望月妃の小花園《しょうかえん》』の整備が始まったと聞けば、薬草を扱う者なら気になって当然だ。

凛花もここを譲り受けた際に、この小花園《しょうかえん》とここを拓いた望月妃のことを調べてみた。すると望月妃の逸話《いつわ》が色々残っていたのだ。

その望月妃は少し変わった妃だったようで、薬草を使うことに秀で、皇帝の寵愛を一身に受けていたらしい。こんな薬草園を作ることを許されていたのだから、それはそうだろう。

「あの……植栽図《しょくさいず》が手に入ったのですか？　凛花さま」

「ああ、そうなのよ明明。あとで明明と、老師にも見ていただこうと思ってるの」

「それはいいですね！　黄老師も小花園《しょうかえん》の調査をしたがっておられましたし、主上に許可をお願いしてはどうでしょう？」

「そうね。一度書庫で植栽図《しょくさいず》と、明明が調査してくれた図とを見比べて、これからの畑づくりを考えましょう！」

宦官《かんがん》と月官《げっかん》のことは考えても分からない。ひとまず動向に注意をしておくと、凛花は不安げな明明たちにそう告げた。

（月官《げっかん》のことは朱歌さまに相談してみようかな……？）

例の騒動後、凛花は暁月妃・朱歌とも友誼《ゆうぎ》を結んだ。今では薄月妃・霜珠と三人でお茶会をする仲だ。

宦官《かんがん》については、老師に相談するしかないだろう。

小花園《しょうかえん》は、本来は望月妃のものだ。管理をする者がいなかったため、宦官《かんがん》の管轄になっているに過ぎないが、譲り受けた凛花も望月妃ではない。ただの寵姫《ちょうき》だ。

（小花園《しょうかえん》の権利がちょっと不安定よね……。寵姫《ちょうき》らしく主上におねだりして正式に譲り受けることはできるだろうけど……）

あまりしたくないなあ。凛花はそう思った。

おねだりするのが恥ずかしいわけではない。こんなに素晴らしい薬草畑のためなら、羞恥を押しておねだりくらいできるが――

（そんな風に道理を曲げ手に入れたものは、宦官《かんがん》や他の月妃《げっぴ》との間に軋轢を生むかもしれない）

いつか望月妃になる決意ができた時に、困るようなことは避けたい。

――と、そう思ったところで、凛花はじわりと頬を朱に染めた。

（やだ。望月妃になったら……って思っちゃった）

紫曄や周囲に望まれても、色々と理由を付けてはぐらかしていた望月妃の位だったが、いま何も考えずに思ってしまったのだ。もしも、いつか望月妃になったら、と。

それは多分、凛花の素直な心が紫曄の隣にいたいと欲しているからだ。凛花はそんな気持ちを自覚して、熱くなった頬を手で扇ぐ。

「……さて。私も少し畑を見回ろうかな」

今は紫曄のことより薬草だ！

凛花は菓子でべた付いた指をこっそりペロと舐め、笠を被った。日除けの笠ではあるが、もうしばらくすれば陽はゆるゆると傾いていく。本当はじっくり見回りたいが、今日のところは我慢。

「ざっとでも植栽図《しょくさいず》と照らし合わせたいし……。そうね、奥まった所を見てみよう」

明明の調査図にはまだいくつかの空白地帯がある。

植物がうっそうと茂って林のようになっている場所や、畑の少し奥に立ち並ぶ樹木、どういう意図からか分からない、点在している小さな畑なども未調査だ。

「凛花さま、ご一緒します！」

「明明。ありがとう」

そういえば麗麗はどこに行ったのか？　と、周囲を見回すと、宮女たちに囲まれた麗麗が朽ちた倒木を抜いていた。たまにしかここへ来ない麗麗は力仕事担当なのだ。

「そうそう、凛花さま。あの蔓だらけの林、天星花《てんせいか》でした！」

「天星花《てんせいか》？」

「はい！　今は蕾が開き始めたところです」

天星花《てんせいか》とは、星祭で飾りとして使われる植物だ。

藤によく似た花だが、花弁の先端が尖っていて、花の形が星に似ているので天星花《てんせいか》と呼ばれている。白や薄紅、淡い紫、濃い青色と様々な色があるのも飾りとして人気の理由だ。

花は初夏から夏の終わりまで楽しめ、切っても長持ちする。それから蔓の部分は、しなやかなので加工にも向いている。祭りの時期には花冠の要領で輪っかにし、そこら中に飾られるので街中が華やかになるものだ。

「でも、天星花《てんせいか》には何の薬効もないと思ったけど……。明明は何か知ってる？」

「いいえ、私も薬効はないものと教えられました。よく似た別の植物なんでしょうか？」

さて、それはどうだろう。心当たりはないが、とりあえず見てみるか……と、凛花はその蔓林へ向かった。

「本当ね、天星花《てんせいか》だ。う～ん……？　星祭で大量に使うために植えたとか？」

それとも『望月妃の薬草園』の象徴として植えられたのか？　それにしては奥まった場所だが、『星』は月妃《げっぴ》を表すとも聞いたし、そうかもしれない。

「それにしたって、ぐっちゃぐちゃね？　天星花《てんせいか》用の棚が必要ね」

「はい。蔓が絡んでいるこの木も切らないといけませんね。お茶の木かな？　とも思ったんですけど……何でしょう？」

「うぅ～ん……？　私たちだけじゃはっきり分かりそうにないわね。老師に相談して、庭師を紹介してもらいましょう」

この木と蔓の奥はどうなっているのだろう？　凛花はそう思い、地面に顔をつけるようにして木々の間から覗き見る。すると、朽ち果てた小さな屋根が見えた。

「……四阿《あずまや》かな？　祠《ほこら》か何かかも？」

「あら、そんなものがありましたか。何かお祀《まつ》りしていたのなら、ここを優先的に綺麗にするべきでしたね」

失敗した～！　と明明も地面にへばりつき奥を覗く。

「薬草園だし、神農《しんのう》か瑶姫《ようひめ》か……」

月魄国《げっぱくこく》は月の女神を崇めているが、その他にも神は様々祀《まつ》られている。農業の神、薬草の神、鍛冶の神や酒の神などもいる。後宮の薬草園という場所を考えれば、女性であり『満薬草《まんやくそう》』という万能の薬草創造の伝説を持つ、瑶姫の可能性が高そうだ。

「あっ……？　凛花さま、ちょっとこちらへ来てください！」

そのまま地面から観察を続けていた明明が、慌てた様子で凛花を呼んだ。木々の合間から伸びていた植物を手にした明明は、険しい顔をしていた。

「どうかした？　明明」

何故か背で隠すようにして、明明はその植物を凛花に見せた。

「これ……」

「……『骨芙蓉《こつふよう》』？」

まさかと思いつつ、頭に浮かんだその名を凛花は口にした。

芙蓉に似たその花は白く可憐だが、花弁の裏側を見てみると真っ黒だった。これは骨芙蓉《こつふよう》の最も分かりやすい特徴だ。それから『実をつけずに朽ちる』という特徴もあり、縁起が悪いと嫌われている。なんとも気の毒な花だ。

だが、この花の特性はこれだけではない。

「うちの実家《薬屋》でも扱っていたので、多分間違いありません。……後宮にあるはずのない薬草です」

骨芙蓉《こつふよう》は、加工すれば避妊薬《ひにんやく》となる薬草。そして根は、堕胎薬《だたいやく》にもなる猛毒だ。

「後宮では禁忌《きんき》の薬ね……」

これはまずい。

こんなものを栽培していると知れたなら、罰されるのは確実だ。

「明明、大至急『骨芙蓉《こつふよう》』の駆除を。隅々まで調べてちょうだい」

「はい。かしこまりました」

険しい顔で頷き合う二人の背後では、宮女たちの『きゃー！』『麗麗姐さま素敵！』と楽しそうな声が上がっていた。振り向くと、麗麗が五本目の朽ち木を抜き、天高く掲げたところだった。逞しさが眩しい。

「麗麗姐さまって？」

「麗麗さんって頼りになるんで、最近そう呼ぶ子が多いんです」

明明がクスッと笑って言うと、ふとこちら側を見た麗麗が「あっ！」と口を開け頬を真っ赤に染めた。『麗麗姐』と呼ばれ、得意顔で力自慢をしていた場面を主に見られてしまった……！ と、慌てて朽ち木を背中に隠すが時すでに遅し。

凛花は「あはは！」と笑い、自慢の侍女《じじょ》に手を振った。

その後も、明明と二人で周囲に他におかしな薬草はないかと調べていた。すると意外なものを見つけた。

草で埋もれた石畳……の、道だ。

目で辿っていくと、どうやらあの天星花《てんせいか》の蔓林の奥に伸びているよう。

「怪しいなあ」

この一帯は、小花園《しょうかえん》でも特別な場所なのかもしれない。よく調査をしなければ。凛花はそう思い、しかし少々面倒なことになりそうだと、足下に向けて溜息を落とした。

「あら？ こんなところに百薬草《ひゃくやくそう》が？ どこかから種が飛ばされてきたのかな……？」

百薬草《ひゃくやくそう》はどこにでもよくある薬草だ。使い勝手がよく、様々な症状に効く薬を作れるため『百薬草《ひゃくやくそう》』という名が付けられた。

（でも、これも調合によっては……）

月経不順を整えるなど、後宮にとって有益な薬にもなるが、これも避妊薬《ひにんやく》にもできるのだ。少々面倒な加工が必要になるし、百薬草《ひゃくやくそう》は本当に何にでも使える上にありふれたもの。さすがにこれは禁止薬草ではないはずだ。

「明明、『百薬草《ひゃくやくそう》』の分布も一緒に調べてくれる？」

「『百薬草《ひゃくやくそう》』ですか？　それならあっちに群生してましたけど……あら、こんなところにも生えていたんですね」

「そうみたい。これは問題ないと思うけど、あれがあった以上、百薬草《ひゃくやくそう》も報告しないわけにはいかないわ」

――ああ、さっさと主上に『小花園《しょうかえん》』をおねだりしておけばよかった！

凜花はついさっき、『それはしたくない』と思ったばかりのことを翻し、心の中で叫んだ。

危険な薬草情報は、一体どこに報告相談するべきか。

元管理者である宦官《かんがん》？　それとも弦月妃？　それとも皇帝か？

もし小花園《しょうかえん》が正式に凜花のものだったなら、誰に報告する必要もなくそっと処分できたのに。

(でも、宦官《かんがん》や月官《げっかん》が視察に来てたっていうし……。変に隠蔽して、処分する前に発覚したら事だ)

ああ、面倒くさい。

私はただ心穏やかに薬草を栽培したいだけなのに……！　と、凛花は懐に、隠すように忍ばせた薬草に目を向けた。

ひとまず黄老師に相談し、紫曄に報告するために採取した『骨芙蓉《こつふよう》』だ。

「骨芙蓉《こつふよう》だなんて……。どうしてそんな物騒なものがここに生えているの……？」

(普通に考えれば、昔ここで栽培されていたってことだ)

だがそれは、禁止薬の原料を栽培するという明らかな罪。それに骨芙蓉《こつふよう》は、こんな平地の畑で育つ薬草ではない。本来の生育地は高地だ。

(どうやって育てていたのかは分からないけど、ここは元望月妃の薬草園。考えたくはないけど……)

後宮は、皇帝の子を産み育てる場所であり、皇帝の寵姫《ちょうき》が暮らす場所だ。避妊と堕胎の薬を密かに栽培する意味に、嫌な想像が頭をよぎる。

望月妃の位を競う月妃《げっぴ》を出さないために、密かに育てていたのだろうか？　それはゾッとするような行いだ。

どんな妃がここを最初に作ったのか、受け継いだ妃はどのような人物だったのか。それも含めて調べてみたほうがいい。凛花はそう思った。

「それでは凛花さま。申し付けられた調査はお任せください」

「ええ。よろしくね」

残念だが、凛花は朔月宮へ戻る時刻だ。続きの作業は明明たちに任せ、一足先に小《しょう》花園《かえん》を出る。

「それと、私は明日より宿下がりで実家へ行きますので、これ……本当に禁止薬草なのか調べてきますね」

明明は『骨芙蓉《こつふよう》』と『百薬草《ひゃくやくそう》』を描き写した絵図に目線を向けた。

宿下がりとは、後宮で働く者の里帰り休暇のこと。妃でなくとも、後宮からは滅多なことでは外へ出られないので、皆が心待ちにする貴重な機会だ。

「せっかく羽を伸ばせるお休みなのにごめんなさいね。そういえば、明明のご家族って皆さん薬師なの？」

「いいえ、うちは少し珍しくて、薬師なのは母と兄なんです。父は店の経営面を担ってます」

それは確かに少々珍しい。女性の医薬師は少ないし、あまり好意的に見られないのが現実だ。だから凛花も『薬草姫』と呼ばれているが、薬を調合できることは大っぴらにはしていない。

凛花の場合『跳ねっ返り』という枕詞付きで呼ばれることもあり、『これ以上評判を下げてどうする……！』と家族に泣きつかれたというのも原因だが。

「三日後には戻りますので、他にも小花園《ここ》の植物について調べてきますね！」

それでは、と明明は凛花を見送った。

「宿下がりかぁ……いいわね」

笠を取り、細袴も脱いだ凛花は名残惜しそうに小花園《しょうかえん》を見つめる。

「凛花さま……。故郷を懐かしく思われているのですか……？」

「まあ、懐かしいのもあるけど、街に行ってみたかったなとちょっと思っただけよ」

せっかく皇都《こうと》まで来たのに、凛花は街を見て回ることもなくすぐに後宮へ入れられてしまった。普通なら少しの観光滞在が許されたのだと、後で聞いた時にはがっかりしたものだった。

きっと珍しい薬草や、知らないものを色々見られただろうにと思ったのだ。

「雲蛍州はのどかだったけど、天満《てんまん》の街はいつも賑やかそうね」

◆

高台にある月華宮からは、色とりどりで活気のある街が小さく見えていた。

　──そして、三日後。

『明明が神月殿に連れて行かれた』

　朔月宮にもたらされたその報せに、凛花は顔色を変えた。

「明明が⁉　明明は無事なの⁉」

　明明の宿下がり休暇は三日の予定だった。明日の朝には後宮に戻ってくるはずだったのに、どうして月官《げっかん》に連れ去られるようなことが起きたのだ！

「麗麗、どういうことなのか説明を！」

「はっ！　本日の夕方、明明の実家より朔月宮へ『明日の帰宮は難しいかもしれない』との文が届きました。詳細はなく、明明に限って逃亡も考えられません。ですので私が筆頭侍女《じじょ》として説明を求める文を書き、使いをやったところ、家族よりそのような返信が届いた次第でございます」

　文には明明の実家の屋号『崑崙薬房《こんろんやくぼう》』の印が押してあり、慌てたような筆跡からも、本物の家族からの文と察せられる。

『土産を買ってくると外出したまま戻らず、一家総出で捜したところ、月官《げっかん》らしき者の馬車に乗せられていったと街の者から聞きました。神月殿にも行きましたが、門前払いでした』

凜花は思わず、チッと舌打ちをした。

ここ最近の『妙な出来事』が脳裏を駆け巡り、憤りで心身を震わせる。

（植栽図《しょくさいず》をくれた弦月妃さま、月官《げっかん》と宦官《かんがん》による小花園《しょうかえん》の視察、あるはずのない禁止薬草……。どれもこれも、月官《げっかん》と小花園《しょうかえん》が関わっている）

「やられたわ」

明明は小花園《しょうかえん》に生育する薬草の絵図を持っていた。その中には骨芙蓉《こつふよう》もある。あんなものが見つかったら、朔月宮が何らかの不利益を被るのは必至だ。

「でも、そんなことはどうでもいい……それよりも明明の無事を確かめなきゃ」

「ハッ！　すぐに神月殿に問い合わせます」

「待って。その前に朱歌さまに連絡をしてご助力を願いましょう。文を書くわ。それから私は書庫へ行きます。あと主上にも文を……これは兎杜にお願いしましょう」

朱歌は元高位月官《げっかん》だ。暁月妃となった今も、神月殿に影響を持っている。

凜花は急いで朱歌への文をしたためた。明明が月官《げっかん》に連れて行かれたことを知らせ、神月殿の行いに心当たりはないかという内容だ。

「では早速、暁月宮へ使いを出します！　私は書庫へご一緒いたしましょう」

「ええ、お願い」

以前も弦月妃の手によって監禁され、怖い思いをした明明だ。二度とそのような目に合わせまいと書庫所属としたのに、結局また後宮のいざこざに巻き込んでしまった。守ってやれずに何が主か。凛花は不甲斐なさに唇を噛みしめる。

「明明を助け出さなきゃ……！」

凛花は少し雲の多い空を見上げ、その陰に見え隠れしはじめた細い月を見つめた。


しばらくして、紫曄が朔月宮に到着した。

「凛花」

「主上！」

凛花が駆け寄った。

無意識のうちに紫曄を頼っていたのか、抱き着く寸前だ。思わず、といった行動だったが、こんな風に熱烈に迎えられるのは初めての紫曄は、ぎゅっと凛花を抱き寄せた。

だが今夜は『抱き枕』の逢瀬ではない。明明の行方と、その奪還について相談するのだ。

二人の間に一瞬の沈黙が落ちる。

「えっと……。失礼しました。主上」

凛花は紫曄に伸ばした手を離し、そっと一歩距離を置いた。その頬は赤い。

「いや、まあ……次の夜にはまた、このように迎えてくれ」
紫曄はもう一度、遠慮がち凛花を抱き寄せ小さな声で言った。そして慰めるように
ぽんぽんと背を叩く。
それは『頼ってもいい』と言っているような、『しっかりしろ』と言っているよう
でもあって、凛花のざわつく気持ちを宥めてくれた。
「……はい」
凛花は、ほうと息を吐き、少し赤くなった頬を隠すようにしてただ頷いた。

◆◆◆

――遡ること二日。明明が宿下り中のことだ。

凛花は朝から書庫にいた。

星祭の準備や小花園《しょうかえん》の整備、自分の体質のことや多分そろそろ夜に訪れる紫曄のこと。考えることは沢山あるが、まずは気になることを一つずつ片付けよう。そう思い、大書庫の主であり神仙の研究者でもある黄老師を訪ねたのだ。

「朝からずぅ～っと待っておったのか、凛花殿」

「黄老師！　はい。お待ちしておりました」

待ち人がやって来たのは、太陽が少し傾いてきた頃。凛花がちょうど何冊目かの古文書を読み終えた時で、書庫の中庭で一日鍛錬《たんれん》をしていた麗麗が、矛の手入れをしていた時だった。

「はっはは！　凛花殿も麗麗も相変わらずだ。兎杜、お前も麗麗にすこぉし鍛えてもらったらどうじゃ？」

「えっ」

その言葉に、麗麗は目を輝かせ手招きをする。が、兎杜は首を大きく横に振った。

「無理です！　麗麗の指導など、晴嵐さまよりも訳が分からないでしょう!?」

「む！　いま何と言った？　兎杜」

しまった、と兎杜が口を噤んだ。

『訳が分からない』は目上に対して言い方がよくなかったか。兎杜がそう思った瞬間、麗麗が兎杜の肩を力強く掴んだ。

「兎杜！　晴嵐さまのご指導とはどのようなものですか！　ぜひ聞かせてほしい！」

「え？」

「あの方は確かに訳が分からないが、武芸は素晴らしい。私もご指導をお願いできればいいのですが」

「いいえ、指導というほどでは……。天才肌の方なので、僕には全く何を言っているのか訳が分からないのでお断りしまして……」

「なんだと！　勿体ない……！」

麗麗はそう言うが、文官寄りの修業をしている兎杜には本当に過ぎた指導であったし、訳が分からなかったのだ。

しかし『訳が分からない』を悪い意味に捉えられなくてよかった。兎杜はそう思ったが、同じ天才肌の麗麗もやっぱり訳が分からない。兎杜は苦笑しながら凛花に『助けてください』と目線を送る。

「ふふ。麗麗、兎杜が困ってるわ。そろそろ解放してあげて？」

「いや、麗麗。儂は凛花殿とゆっくり話をしたい。悪いがその曽孫をちょっぴりしごいてやっておくれ」

「えっ！　そ、そんな曽祖父様！」

「はい！　かしこまりました！」

兎杜と麗麗のそんな声が重なって、兎杜は中庭に引きずられていった。

「さて。ゆっくりお話をしましょうかの」

老師は凛花の向かい側に座り、にこりと笑う。

「あ、はい。本日は老師にお伺いしたいことがございまして……」

「凛花殿。その前に、儂もお伺いしたい」

言葉を遮るように言い、正面から凛花を見据えるその目に、凛花はピリッとした何か、迫力だろうか？　そんなものを感じた。

（急にどうしたのだろう。兎杜と麗麗に席を外させて……まるで人払いだわ）

何を訊かれるのか分からないが、凛花は慎重に受け答えしなければ、そう思った。

老師は只の書庫の好々爺《こうこうや》ではない。太傅《たいふ》という、皇帝の相談役を務める位に就く人だ。

（最初はまさか書庫の黄老師が、太傅《たいふ》の黄様と同一人物だとは思わなかったけど……！）

後宮に入る前、凛花も一通り月華宮について勉強した。

黄太傅《たいふ》の名は知っていたが、『大書庫の主』と紹介された老師が、まさか太傅《たいふ》とは思わなかったのだ。今思えば迂闊だったが、気付かなかったからこそ師事を願い出ることができたと思っている。

（もし太傅《たいふ》と知っていたら、さすがに畏れ多くて言い出せなかったもの）

「聞きたいこととは何でございましょうか。黄老師」

「凛花殿が読んでいた書物じゃが、随分と埃のかぶった珍しいものじゃな。古い伝説に興味がおありか？」

凛花が横に積んでいたのは、きっと大昔から書庫にあったであろう古文書だ。書庫に出入りするようになってから、凛花は目に付きやすい書棚から『虎化』に関係のありそうなものを選んで読んでいた。だから最近は、しばらく人が立ち入っていないそうにない奥の書棚のものを読んでいたのだ。

「はい。知らないことばかりで勉強になります」

「勉強になるか。しかし、妃の教養にしては過ぎておる。凛花殿が選ぶ書物は初めから変わっておったが、研究者でもなければ読まない、そのような書まで引っ張り出すとは……凛花殿は何を調べておるのか？」

「何を……ですか」

凛花はつい、老師から目を逸らしてしまった。

これではやましいことがある。言えないことを調べてました、と言っているようなもの。上手く誤魔化さなくては。

（主上には『虎化』を知られちゃったけど、老師にまで……これ以上、月華宮の人間にこの秘密を知られるわけにはいかない……！）

『虎化』に関連がありそうな書物だけに偏らないよう気を付けていたつもりだった。だが、そもそもが珍しい選書だったのだ。老師が不思議に思わないわけがない。

「あの、私は……」

「神仙と薬草の関係に興味をお持ちでしたなあ。うう～ん……ですが爺には、どうもそれだけとは思えなくてのお」

　用意していた答えを先に言われてしまった。しかも『それだけとは思えない』とまで言われるとは。

（困った。これは嘘を吐いても見透かされてしまう。それなら話をすり替えよう……！）

　凛花は神妙な顔をして、卓上に置いた文箱《ふばこ》を開けた。中身は絹の包みだ。

「こういった植物に興味があり、古いものや眉唾《まゆつば》な書物まで読んでおりました」

　凛花が見せたのは、小花園《しょうかえん》で採取した『骨芙蓉《こつふよう》』だ。神仙と薬草の研究をしている老師なら、捨て置けない薬草のはず。

「ん……？　これは、まさか」

「昨日、小花園《しょうかえん》で発見しました。私はこのような、希少で特殊な薬草に興味があります」

　ただ、『興味がある』と後宮の月妃《げっぴ》が言うには危険な薬草だ。なんと言っても骨芙《こつふ》蓉《よう》は禁止薬の原料であり、毒草でもあるからだ。

「確かに骨芙蓉《こつふよう》のようじゃ。しかしこれが小花園《しょうかえん》に……？　凛花殿が植えた訳ではなかろうな？」

「もちろんです！　私は禁じられている薬草を育てるつもりはありません。老師、これは『骨芙蓉《こっふよう》』で間違いございませんか」

老師は懐から手袋出し装着すると、手に取りしげしげと見つめた。花弁の裏側、茎や葉の形、それから根まで見ている。

「少し切ってみても構わんか？」

「はい」

頷くと、老師は小刀で茎に切れ目を入れた。すると白い液体が滲み出て、老師の眉間に皺が寄せられた。次に切ったのは根だ。外側は真っ黒だというのに、中身は雪のように白い。

はぁ……と、老師の口から思い溜息がこぼれた。

「これは珍しい。本物の骨芙蓉《こっふよう》じゃな」

「やっぱり……。私もまさかとは思ったのですが、書物で見た特徴そのままでしたので老師にご相談を」

骨芙蓉《こっふよう》の栽培は難しい。本来は険しい山に生える貴重な薬草で、万能の薬草を創造した伝説を持つ神仙・瑶姫《ようひめ》が創ったと言われる程に珍しく、強力な薬草だ。

「それから、禁止薬となりえる『百薬草《ひゃくやくそう》』も沢山あるようです」

凛花は一応こちらにと、百薬草《ひゃくやくそう》も老師に手渡した。これも花が咲く植物だが、今はまだ蕾だ。

受け取った老師はううんと唸り、考え込んでいるのか少し広い額をぺちぺち叩き卓に肘をついた。そして目だけでじろりと凛花を見上げた。

「百薬草《ひゃくやくそう》はまあ問題ないじゃろう。じゃが……先ごろ凛花殿が盛られた媚薬《びやく》になる花といい、この骨芙蓉《こつふよう》といい……。どうにも後宮にとって騒動となりうるものが紛れとるな」

「はい。どういたしましょう。老師」

「うう～むぅ。とりあえずは、宦官《かんがん》や神月殿の目に入らぬよう注意することじゃな」

「あっ……」

凛花は、既に先日、宦官《かんがん》と月官《げっかん》の視察があったこと、弦月妃から植栽図《しょくさいず》を譲り受けたことも報告した。

「なんっじゃそれは。物凄く怪しいのぉ～！　しかし小花園《しょうかえん》は『余人の立ち入りを禁じる』と触れが出ていたはずじゃが……」

「あ、立ち入ってはいないようです。敷地外から見ていたと申しておりました」

「ふぅ～む？　よく分からんなあ」

考える老師を横目に、凛花は無事、話をすり替えられたことに胸をなでおろす。ここはもう一歩、薬草談議に持ち込もう。

「あの、老師。珍しい『骨芙蓉《こつふよう》』について講義をお願いできませんでしょうか。このようなもの、本物を見られる機会は滅多にございません」

「おお、そうじゃな。儂ももっとよく観察してみたいしのお！」

そう言った老師は、浮かれた足取りで何故か書棚に向かった。そして持ってきたのは、古い古い大きな植物図録と、比較的新しい薬草についての書物だった。

古い図録のほうは、様々な伝説と共に植物や果実が描かれていた。骨芙蓉《こつふよう》は予想通り、瑶姫《ようひめ》が創り出した薬草のひとつと記されていた。

もう一方の新しいほうは、絵図と共に栽培方法や取り引き価格など、現実的な情報が載っていた。骨芙蓉《こつふよう》については、雲蛍州よりも北方の山地で僅かに採れるとある。

「やっぱり小花園《しょうかえん》に生えているのはおかしいですね……」

「そうじゃの。まず気候が合わん。その上、ほれ。生育場所は崖じゃ。栄養たっぷりの畑に育つものとは思えん」

「もしかして、これは骨芙蓉《こつふよう》ではない他の植物だとか……？」

「そのほうが現実的じゃな。もしくは品種改良をしていたものが偶然こうなったか……」

と、そこまで言って、老師はふと黙り込んだ。次いでパラパラと本をめくり頁《ページ》を開く。そこにはいくつかの植物と共に『骨芙蓉《こつふよう》』と『霧百合《きりゆり》』——追放された眉月妃が媚薬《びやく》として使い、弦月妃が美容液として愛用していた白い花が描かれていた。

「凛花殿。これらの植物はな、どれも人の持つ本能に働きかけるとされている薬草、毒草じゃ」

「本能……？」

　顔を近付け見てみると、なるほど納得だった。並ぶ効能には『生殖機能の増強、減退』から始まり、調合することによって『媚薬《びやく》』『精力増強』、逆に『精力減退』『避妊』と続き、更には『不妊』や『堕胎』とも記されていた。

「これほど後宮という場所に相応しい植物たちはない。美容液になる『霧百合《きりゆり》』は……皮膚の新陳代謝を高めとるのか。ふぅむ」

　面白いのぉ。やはり品種改良を試みた、なれの果てかもしれんな。老師は手元の『骨芙蓉《こつふよう》』と頁《ページ》を見比べ話を続けているが、凛花の耳には入らなかった。

　今、凛花の頭の中は『本能に働きかける』の言葉でいっぱいだった。

　それから『精力増強』と『精力減退』という、同じ機能に対し、逆に作用する効能に目が釘付けとなっていた。

（『本能』ってことは……私の『虎化』にも、効果があったりしな……い!?）

『性欲』と『虎化』はまったく違う。だが、本能に基づいているという部分は共通している。

（私の虎化は、月の満ち欠けによって引き起こされるものだ。ぞわぞわと体の奥から

湧き上がってくるあの感覚は、自分の意思とは関係ない。それに虎になると、本能的な衝動に駆られることも多い）

「老師。私、この頁《ページ》の植物を詳しく調べてみたいです。他にも、これらについて書かれた書物はございませんか？」

「あることにはあるが、また変わったものに興味を持つものじゃなあ？」

「いえ、あの……小花園《しょうかえん》にあっては問題になるかもしれませんでしょう？　ですから、その性質を詳しく知っておいたほうがいいかと……」

再び鋭い視線を向けられ、しどろもどろになりつつ言うと、老師は子供に戒めるような口調でこう言った。

「主上のご寵愛というものは、操るものではございませんぞ？　よいかな、朔月妃殿」

「もちろん承知しております！」

「ならばよいのですがな。……避妊薬《ひにんやく》だけでなく、媚薬《びやく》の勝手な使用も禁止ですぞ？」

「使いません！　そんなことはいたしません！　誓って！」

ならばよいでしょう、と頷いた老師に、凛花は内心で安堵の息を吐いた。

——初めてだ。

初めて、虎化を制御できるかもしれない希望を見つけた……！

凛花は図録に描かれた白い花を見つめ、心の中でそう歓喜の声を上げた。

だが、その喜びも束の間、明明が連れ去られたとの報せが入ったのだった。

第二章　神月殿の変わり者と虎猫姫

『ねえ、聞いた？　昨夜は暁月宮へ行かれたとか……』

『えっ、だって夕刻には朔月宮《こちら》にいらしてたじゃない！』

『その後に暁月宮《あちら》へ行ったんですって！　主上なりの義理立てでご挨拶に訪れたのかもしれないけど、ひどいことなさるわぁ』

まだ少し冷える早朝。

三人の宮女が箒《ほうき》と雑巾片手にこそこそ話をしていた。朔月宮入口の清め担当である、彼女たちの身分は低いが情報網は広い。

ここは通りに面しているので人の流れが見えるし、その会話が漏れ聞こえてくることも多い。またそれは、門の外側だけでなく内側にも同じことが言える。

お役目のために出入りする宦官《かんがん》や女官は皆ここの通用口を使う。下働きの者たちは裏口を使うが、裏の担当も同僚だし、持ち場は持ち回り。そんな彼女たちが集まる食堂や寮の大部屋では、皆が手持ちの噂話を披露する。

だから、宮女たちは意外と色々なことを知っている。

自分たちよりも身分が上の女官のこと、あまり接点のない宦官《かんがん》のこと、少し距離のある、宮を警護する衛士《えじ》たちのこと。それから、夜に宮を訪れる皇帝のことや、その使いのことまでだ。

下働きの宮女はその場にいないものとして扱われることも多い。だから『彼女たち』『彼ら』は油断し、いない者の前でポロポロと情報を落としていく。

『そういえば、さっき暁月宮から文が届いたって聞いたわよ？』

『ええ？　暁月妃さまってばどういうおつもりなのかしら……。まさか、自慢？　嫌味を言うような方とは思わなかったけど……？』

『あ、双嵐のお二人のお使いも来てたわよ？　あと、裏庭担当の子が兎杜さまも来られてたって言ってた』

一体どういうことだろう？

今日の噂話はさっぱり内容が読めない。いつもなら、噂と噂を繋げば大体何が起こっているのか分かるのに。

彼女たちにとって、そうして知った『近くて遠い世界』の出来事は一番の娯楽であり、生きる糧にもなっている。

噂話から推測するなど悪趣味にも思えるが、この狭い後宮《世界》で上手に生きていくためには必要なことなのだ。

自分が誰に従い、どう働くのか。仕える月妃《げっぴ》は真心を込めて仕えるに値するのか。たかが下働きと言われ、上から評価と選別される側であるが、実はその逆も然り。月妃《げっぴ》こそが、一番値踏みされる対象だ。

『朔月妃さまはもうお目覚めかしら』

『昨夜は早めにおやすみになったらしいわ。気落ちされたんじゃない？』

『あ、でもどうだろう？　ほら、朝食に蕗《ふき》と紫蘇《しそ》が出てきたじゃない？　アレって小《しょう》花園《かえん》の収穫物だそうだから単に疲れてて……。あ』

――だから昨夜は主上のお相手を辞退されたんじゃない？

――それで主上は暁月宮に？　やだ、私たちの食事のためにご無理を？

――最近また増えたものね、小花園《しょうかえん》産の食材。有り難いけど……

そんなことを思い、三人は顔を見合わせた。

朔月妃が小花園《しょうかえん》を管理し始めて、食卓が豊かになった。

具体的にはおかずが一品、二品増えたのだ。何も寵姫《ちょうき》になったから予算が増えた、というわけではないらしい。

『朔月妃さまからのご慈悲《じひ》である』

筆頭侍女《じじょ》からそのような言葉と共に、食材となる野草や芋、豆などが厨房に届けられているという噂だ。

実際は、小花園《しょうかえん》で繁殖しすぎた薬草や野草をただ駆除するのは勿体ない……と考えた凛花が、利用できるもの、食べられるものはいつも通り食べましょう。と、雲蛍州で当たり前にやってきたことを、朔月宮でもやっただけのことだった。

だから、こんな風に『おかずが増えた！』と、意外なほど下働きたちに喜ばれている事実に気が付いていないのだが。

小花園《しょうかえん》で働いている宮女によれば、妃自ら畑仕事をし、指揮をしているという。

しかも宮女には、土で汚れるからと新たに着替えの衣装を用意し、仕事の合間にはお八つ休憩まであるとか。正直ちょっと味噌っかす扱いで俯いていた、田舎育ちの宮女たちが生き生きとした顔で働き、口々に我らが朔月妃さまを褒める。

最初は特別扱いのような小花園《しょうかえん》の宮女が気に入らなかった者も、自分の食卓のおかずが増え、日々のご褒美として衣やお茶が配られれば嫉妬《しっと》も収まっていく。

そして噂話はぐるぐる巡り、『凄い美人だが、ちょっと変わった姫が朔月妃になった』という、朔月妃・凛花に対する最初の印象は変わっていくこととなる。

季節が移り変わる頃には、『凄い美人でちょっと変わった妃だが、下働きの暮らしにまで気を配ってくれるいい人だ』と。

　そんな、誠心誠意お仕えするに値する、美しくて優しく、唯一の寵姫《ちょうき》でもある主が心を痛めているかもしれない。この噂は瞬く間に朔月宮中に広まり、宮女だけでなく女官や厨房までが知るところとなっている。

『『朔月妃さま……落ち込んでいらっしゃらなければいいけど……』』

　口を揃えて、皆がそう言った。

◆◆◆

「ねえ、麗麗？　なんか……朝から妙な視線を感じるんだけど、何かあった？」

　何故かいつもより品数が多い朝食を食べた後、凛花はお茶を飲みながら訊ねた。

　よく眠ったので早朝から庭の手入れをしたり、次々届く文を読み、返事を書き使いを走らせていた。が、その度に、使者やその辺りにいる宮女から気遣わしげな視線を感じたのだ。

　月妃《げっぴ》が早起きをするのはおかしいことなのだろうか？　確かに後宮妃といえば、昼間までしどけなく眠っていると思われるかもしれないが――

「あ、もしかしてあれかな。昨日、主上をさっさと帰しちゃったから、不甲斐ないって思われてるのかな……」

それとも喧嘩をしたのでは？　と心配されているとか？　凛花はそんな風に想像する。

「不甲斐ないなど！　そのように言う者がいたら私が許しません」

「いいのよ、麗麗。どう思われようとも、それは私の責任なんだから」

仕える主が期待に添わなければ、仕える者たちの不利益となる。だから自分に厳しい目が向けられるのは当然だ。凛花はそう考える。

虞《ぐ》家の総領娘であったからだろう。凛花は自由気儘な虎猫気質のようで、そんな冷静な目線も持っているのだ。

「いいえ、私の責任でもあります。私は筆頭侍女《じじょ》ですから、凛花さまを様々な意味でお助けしなければ！」

「頼もしいわ、麗麗」

凛花は、ふふっと笑う。一つ年上のこの侍女《じじょ》は、姉のように頼りになり、年少者のように可愛いと思うところもある。

「では麗麗、さっそく頼りにしていい？　私を寵姫《ちょうき》らしく着飾らせてちょうだい」

「はっ。かしこまりました！」

挑戦的に微笑む凛花の前で、麗麗はパン！　と掌に拳をぶつけ拱手で応えた。

その日の午後、後宮の門から豪華な馬車がゆったりと出発した。

車列には、少数の護衛を従えた晴嵐の姿が見え、見送る女官たちから「あっ」と小さな声が漏れた。

普段は出入りの商人や荷物、宦官《かんがん》くらいしか見られないそこに立つ門衛《もんえい》たちも、滅多にない機会に背筋を伸ばし見送った。

「まあ！　護衛に晴嵐さまが……！」

「あら、あなた見ておりませんでしたの？　主上もご一緒なのよ」

「……おい、あれ朔月妃さまだって？」

「らしいな。主上もご一緒に神月殿詣《しんげつでんもうで》だそうだ」

――ということは、望月妃候補筆頭はやっぱり朔月妃さまなのね。

――ということは、望月妃候補筆頭はやはり朔月妃さまなのか。

門の内と外で、そんな囁きが聞こえた。

そして馬車の中では――

「いいか凛花。朱歌からの情報によると、神月殿長は今、星祭前の地方巡りで神月殿を空けているらしい」

「はい。それと多くの月官《げっかん》も一緒にですね。今、神月殿を預かっているのは副神月殿《ふくしんげつでん》長《ちょう》とその一派」

「ああ。朱歌の赫《かく》家と肩を並べる月官《げっかん》の名門、白《はく》家の者だ。朱歌とは何かと合わない男らしい」

一際目を引く車の中で、紫曄と凛花は隣り合わせで肩を寄せ合い、情報を整理していた。

「我々が神月殿へ行くことは直前に知らせてある。今日の俺は、『急遽、寵姫《ちょうき》を連れ神月殿詣《しんげつでんもうで》を強行した皇帝』だ」

紫曄が悪戯っ子のような顔でニヤリと笑って言う。

凛花はつい先ほど聞いた『皇帝と月妃《げっぴ》の神月殿詣《しんげつでんもうで》』の意味を思い出し、照れたような、拗ねたような顔で紫曄を見上げた。

「はは！　共に神月殿詣《しんげつでんもうで》へ向かう月妃《げっぴ》に、そのような顔をされた皇帝はなかなかいないだろうな」

「だって、知らなかったんですもの！　『皇帝と共に神月殿を詣でる月妃《げっぴ》は望月妃である』だなんて」

秘密と悩みを抱えた身では、寵姫《ちょうき》という名でさえ重たいというのに、望月妃の位はもっと重い。

今日のこの行動は、後宮内外に波紋を広げるだろう。

「今頃、後宮ではきっと噂が流れている。他の妃を訪れた翌日に寵姫《ちょうき》を連れ出したのだ。浮気の代償として、機嫌取りの神月殿詣《しんげつでんもうで》といったところか」

「……いいのですか？　こんな慣例を無視するようなことをして」

浮気の代償だなんて、とんでもない。昨夜の紫曄は、明明を救出するための情報収集と、作戦会議のために暁月宮へ向かったのだ。

形こそは月妃《げっぴ》の臥室《しんしつ》を訪れた皇帝であったが、兎杜も従者として同行したし、今日の作戦を凛花に伝えたのもその兎杜だ。

「構わん。お前の大事な侍女《じじょ》を取り戻すためだ。くだらぬ噂くらい提供してやろう」

「主上……。明明のことは私の注意不足でした。申し訳ございません」

「いや、俺や老師の注意不足でもある。あの者は正式には書庫の所属であり、老師の部下だ。老師の、ということは俺にも責任がある」

凛花も紫曄も、月華宮の外で明明に手を出されるとは考えていなかったのだ。それに凛花のことを面白く思っていない宦官《かんがん》は、後宮内でこそ力が強い。

だから外に危険はないと思っていたし、まさか神月殿が手を出してくるとも思っていなかった。

神月殿は、基本的に『神託《しんたく》の妃』である凛花の味方——というか、盛り立て乗っかろうと考えている立場だからだ。

「神月殿のことはひとまず朱歌に任せよう。先に神月殿に乗り込んでいるあいつが何を仕出かしてくれるか……楽しみだ」

「またそんな悪い顔をされて……。主上、昨夜はほとんどお休みになっていないのでは？」

凛花は少し疲れが見える目の下を睨み、頬に触れ、首筋に指を滑らせた。

「凛……」

「ほら、体温も下がってる。ごはんちゃんと食べました？」

やっぱり一緒に食べないと駄目ですね！　主上はすぐ怠るから……。凛花がそう軽く咎めると、紫曄は大きな溜息を落とした。

「はぁ……。凛花、お前……もう少し悋気を見せるとか、そういうのはないのか？」

「は？　だって昨晩は朱歌さまのところで話し合いをなさったんですよね？　私もご一緒したいと思いましたけど、主上におかしな評判が付いては可哀想だと思って、虎散歩も我慢して大人しくし宮にいたんですよ？」

そろそろ凛花には、一旦虎化できなくなる時期が来る。

本当なら昨夜は、藪も林も跳び越えられるあの脚で、小花園《しょうかえん》の未整備箇所を見回りたかったのだ。さすがに断念したが。

「虎散歩は控えろと言っただろう。俺の前でならいくらでも虎猫になって、腹を見せてごろごろ寝転び、俺の胸だろうが尻だろうが好きにふみふみしてくれていい」

「そ、そんなことしません！　主上こそ、虎だからって遠慮なさすぎるんですよ！　まったく……体中撫でまわすんだから！」

「おい、ちょっと声を落とせ。……御者に聞こえるぞ」

しっ、と唇に人差し指をかざし紫曄が言ったが、時すでに遅し。

御者の耳には『主上こそ……遠慮なさ……すよ！　……体中撫でまわすんだから！』と、凛花の言葉の所々が聞こえていた。

もちろん、色々と想像することだろう。下手したらまた新しい噂が流れるかもしれない。口が軽すぎる御者は困るので、おおっぴらな噂にはならないと信じたいが。

「と、とにかく、私は朱歌さまに嫉妬《しっと》などしません！」

「前はしたのに？　あれも一応、まだ俺の妃なのだが？」

目を細め、挑戦的に凛花の顔を覗き込んだ。

紫曄が言っているのは、以前、奸計《かんけい》に嵌まりかけた時のことだろう。

朱歌が宦官《かんがん》姿で紫曄のもとを訪問し、凛花が来るのを待っていた。だが、凛花には虎の聡耳がある。誤解しても仕方がない会話が聞こえ、すれ違いを生んだ一件だ。

「あ、あの時は別です……！　今は朱歌さまとも交流がありますし、あの方は嘘を吐いたり信頼を裏切るような方じゃ……」

と、そこまで言って凛花は、じっと見つめる紫曄の紫色を覗き込んだ。朱歌のことも、紫曄のことも信頼しているからこそ、昨晩のことは何とも思っていない。

でも、もし、自分よりもきっと何枚も上手の二人が自分を欺いていたら？

凛花の胸に、小さな小さな、悋気のような不安のような火が灯ってしまう。爪先にも満たない小さな炎だが、それを無視することはできず、凛花は小さな声で訊いた。

「それとも……主上は朱歌さまを真実、妃にするおつもりでしたか？」

「しない」

即答して、紫曄は『かわいい』と口元に笑みを滲ませた。

僅かに揺れ、不安げに見上げる凛花の空色の瞳に可愛さと感じた。

こんなことは滅多にない。凛花の小さな不安、嫉妬《しっと》、哀しみ。そんな感情がこもった目を向けられたのだ。じわりと胸に満ちる充足感が堪らない。

「……なんだか嬉しそうですね？」

「嬉しいに決まっている」

紫曄は凛花にコツリと額を合わせて言う。常よりも白粉《おしろい》と髪油の香りを感じて、目を閉じる。

ああ、凛花が複雑に髪を結い、着飾っていてくれてよかった。

もし気軽な部屋着だったなら、きつく抱きしめ、頬や唇に口づけを降らせていただろう。もしも虎猫だったなら、あのふわふわの毛並みに指をうずめ、柔らかな首や腹の毛に顔を押し付けうなじを甘噛みしていただろう。

そのくらいに、嬉しい。

「いつだって俺ばかりが欲しがっているからな……」

「そう……ですね？」

凛花はほんのちょっぴり眉を下げ、紫曄の指先を撫でる。

紫曄が自分の化粧や衣装を乱さぬよう気遣ってくれたように、凛花も紫曄の皇帝らしい装いを少しも乱すことは許されない。お互いの装いは、今日の作戦に欠かせぬものでもあるからだ。

そうっと寄り添っているとそのうちに、馬車は坂道を上りはじめ、窓の外には白い建物が見えてきた。月華宮が黒を基調としているので、対になっている様相だ。傾きはじめた陽が坂道に長い影を落としている。

「さて。副神月殿長《ふくしんげつでんちょう》はどんな顔で迎えるかな」

凛花も窓の外を覗き、拳を握りしめ大きな白い建物を睨む。

その横顔は凛としていて、白い毛並みの気高い横顔とも重なって見えるよう。だが、紫曄の目線はつい、赤く艶のある唇を見つめてしまう。

惜しいなあ。一口くらい、味見をしてはいけないだろうか？　そう思い顔を傾けたが、凛花にきょとりと見上げられ、目線を窓へ戻した。

いつだったか『ついてますよ』と、己の唇の色を兎杜に指摘されたことを思い出し、紫曄は『惜しいが我慢だ』と頷いた。

◆◆◆

「お待ちしておりました、主上。お越しいただき光栄に存じます。副神月殿長《ふくしんげつでんちょう》の白でございます」

「神月殿長の留守中にご苦労。我が愛しい妃に早く誓いを立ててやりたくてな」

出迎えた副神月殿長《ふくしんげつでんちょう》は、三十代半ばの細身の優男だった。

もっと年嵩《としかさ》で威厳のある者が出てくるのではと、凛花は身構えていたが正直拍子抜けだ。

（それにしても主上……何、言ってるの？　設定上分かるけど『我が愛しい妃』だなんて恥ずかしいし、『誓い』って何のこと！）

いつもなら、すぐ後ろに付く麗麗が教えてくれるが、神月殿という特別な場所では、侍女《じじょ》はだいぶ後方に並ぶ。近くにいるのは紫曄の護衛である晴嵐のみ。彼は紫曄の一歩半後ろに控えている。

「お二人の睦まじさはこのような場所にまで届いております。ですが、朔月妃さまとの『誓い』は異例でございます。形だけ……となってしまうかと存じますが……」

「構わん。望月妃となった時にまたやり直すだけだ。しかし、さすが神託《しんたく》の妃について神月殿は耳聡いな」

神託《しんたく》の妃。その言葉に副神月殿長《ふくしんげつでんちょう》の笑顔がぴくりと固まった。

ほんの一瞬だったので、気のせいか？　と思った凜花だったが、紫曄の笑みがますます胡散臭さを深めたことに気が付いた。

（副神月殿長《ふくしんげつでんちょう》は『神託《しんたく》の妃』を歓迎していない……？）

もしかしたら今回の事件には、そのあたりの事情が関わっているのかもしれない。

だとしても、やることは変わらない。明明を奪還する。それだけだ。

凜花は紫曄の陰から半歩前へ出て、副神月殿長《ふくしんげつでんちょう》に向かって微笑みかけた。

「……これは、朔月妃さま。月にもたらされた出会いと機会に感謝いたします。副神《ふくしん》月殿長《げつでんちょう》を拝命しております、白と申します」

「月のお導きに感謝と慈悲《じひ》を。皇都《こうと》の神月殿を詣でることができ嬉しく存じます」

初対面の挨拶が済んだら、さっそく作戦開始だ。

凜花は紫曄と微笑みで目配せすると、月妃《げっぴ》らしさを意識して口を開いた。

「ところで副神月殿長《ふくしんげつでんちょう》さま。こちらには薬草園がございますでしょう？　とっても興味がありますの。ご案内いただけるかしら」

「薬草園でございますか」

「ええ。私は薬草がとても好きなの。副神月殿長《ふくしんげつでんちょう》さまはご存知なかったのね」

白は片眉を僅かにひそめ、笑顔を作って言葉を続ける。

「しかし、じきに日が暮れますし儀式も控えております。それに本殿の薬草園に、薬草で有名な雲蛍州の姫君がいらっしゃるなど、勿体のうございます」

にっこりと微笑み言うが、その目は笑っていなかった。

瞳の奥は冷たく、たかが月妃《げっぴ》が――そんな言葉が聞こえるようだ。

（思ってたよりも小物なのかな、この人。というか……薬草園には入れたくないのね）

では、明明はやはり神月殿の奥にいるのだろう。

この神月殿はとても広い。国中の神月殿の総本山なのだから、その規模はひとつの城のようなものだ。

神月殿の建物は、大雑把にいうと四つの機能に分かれている。

手前が月の女神を祀《まつ》る神殿。その奥が神月殿の裏方部分となっていて、月官《げっかん》たちの生活場所もそこだ。

そして最奥に薬院と薬草園があり、坂下の離れには、民に開放している医薬院と学舎がある。病人を丘の上まで登らせるのは酷だから、離れは坂下に置かれたのだろう。

ちなみに神月殿の出入口は、それぞれの建物に近い場所にいくつか設けられている。

(それにしても、月妃《げっぴ》付きの女官を攫うという大胆なことを仕出かしたくせに、感情も隠せないなんて)

しかし、それならそれでやりやすい。

凛花は作戦通り、用意していた台詞を続けた。

「まあ、ご謙遜を。あ、そうそう。私の女官の一人に薬草に詳しい者がおりますの。ですが宿下がりの後、どうしたことか後宮へ戻らず……。万が一とは思いますが、こちらの薬草園を見学に来ておりませんか？」

「ほぉ、それはそれは。ご心配でしょう。しかし見学者は来ておりませ――」

その時。副神月殿長《ふくしんげっでんちょう》の言葉を遮る『ダン！』という音が響いた。足下の白い床石からは、ビリリと振動が伝わってくるようだ。

「な……っ、何事ですか！」

薄い笑みを引っ込め、後ろを振り返った副神月殿長《ふくしんげっでんちょう》がサッと顔色を変えた。

「白々しいな、副神月殿長《ふくしんげっでんちょう》殿」

そこにいたのは、矛を持つ侍女《じじょ》たちを従えた暁月妃・朱歌だった。

大きな音は、護衛も兼ねている侍女《じじょ》たちが矛の柄を床に叩き付けた音だ。

「赫殿……いいえ、暁月妃さま。どういうことでしょうか？」

「副神月殿長《ふくしんげつでんちょう》殿は客人を招いておいでだろう？　薬草に造詣が深い女人が神月殿に招かれたと小耳に挟んでな。てっきり薬院の碧《へき》の客人かと思い訊ねたが、碧は知らないらしい」

「碧に話したのですか？　なんという面倒なことを……」

渋い顔を見せる副神月殿長《ふくしんげつでんちょう》をよそに、朱歌は凛花に向かってニッと笑った。

（ああ、やっぱり明明は神月殿にいるんだ！）

――凛花たちが立てた作戦はこうだ。

まず、元月官《げっかん》の朱歌が神月殿へ行き内部を探る。

気軽な外出が許されない月妃《げっぴ》だが、神月殿への参詣は別だ。月を奉る立場である、月妃《げっぴ》の参詣は歓迎されている。

現月妃《げっぴ》であり、元高位の月官《げっかん》である朱歌の訪問を断るのは難しい。許可はあっさり下りるはずだ。

そんな中、今度は皇帝が寵姫《ちょうき》を連れての『神月殿詣《しんげつでんもうで》』だ。対応する人員は皇帝側に割かれ、朱歌は勝手知ったる古巣で自由に動ける。

状況を考えると、明明は狙われていたのだろう。目的を持って神月殿が攫ったのなら、犯人がいい加減な扱いをするとは思えない。明明の世話をする者が必ずいる。

そして、その者には絶対に同僚がいるのだ。

「暁月妃さま、あなたは突然押し掛けて、月官《げっかん》でもないくせに何を勝手に……！」

「参詣の申請はしたぞ？　ついでにちょっと知り合いと語らっただけだが、不都合でもあったか？」

月官《げっかん》たちの共同生活の場でもあるここは、後宮と似た閉ざされた世界だ。

一日の予定が規則正しく定められた生活の中では、普段と違う行動は小さくとも目立つもの。

小さな違和感が誰かの口に上れば、噂になるのはあっという間だ。

「副神月殿長《ふくしんげつでんちょう》。どういうことだ。まさか我が寵姫《ちょうき》のお気に入りを攫ったのではないだろうな」

「いいえ、主上！　決してそんなことはございません。ええ、主上がいらっしゃると聞きうっかりしておりました。女官殿は丁重にもてなしております」

紫曄が低く問うと、副神月殿長《ふくしんげつでんちょう》が答えた。

こちらも大概白々しいが、順序を踏むのは大事なことだ。そのほうが明明を取り返しやすい。

「ああ、ああ。あの女人は朔月妃さまのところの者でしたか。珍しい薬草のことを聞き回っておりまして、それが非常に危険なもので……。一介の薬屋の娘の手には余ると泣き出したので保護したのですよ家族にもそのように文を出しましたが、行き違いになってしまったかな？　それとも配達人が無精でもしたのかもしれませんな」

ぺらぺらとよく口が回るものだ。

大胆なことをするくせに随分と杜撰《ずさん》で、あんなに心配し、皆で出向いたことすら馬鹿らしい。

凛花はそんな風に呆れつつ、引きつった笑顔でまだ喋る副神月殿長《ふくしんげつでんちょう》に微笑みかけた。

「まあ、そうでしたの」

「はい。まさか『薬草姫』と名高い朔月妃さま付きの女官とは思いもせず……！」

「いいえ。正確には違いますよ」

え？　と副神月殿長《ふくしんげつでんちょう》は言葉を止めた。

「黄太傅《たいふ》の部下です。この度は太傅《たいふ》も大変ご心配なさっております」

「は……？　そんなまさか。あなた様の小花園《しょうかえん》で働いていると――」

「あら、よくご存じですのね。どなたから聞いたのかしら」

明明の名すら知らないこの男が、何故、閉ざされた世界である後宮の職務内容まで知っているのか。自分がちぐはぐなことを言っていると気付かないのか？　と、凛花だけでなく紫曄も晴嵐も呆れた。

「今すぐその女官を連れてくるように」

紫曄が一言、そう命じた。

◆

凛花たち一行は、神月殿の奥の奥にある薬院へ向かっていた。

『連れてくるように』と命じたが、散々待たされたあげく『女官どののもとへご案内いたします』と、朱歌の知己らしい月官《げっかん》が迎えにきたのだ。

「紫曄、凛花さま。歩かせてしまって申し訳ない。だが、ここから先に危険はないと約束するのでご安心を」

「構わん。どうせ副神月殿長《ふくしんげつでんちょう》側は連れてくることを渋ると思っていた」

呆れ顔の紫曄は『副神月殿長《ふくしんげつでんちょう》には追って沙汰を送っててやろう』と言い、朱歌と二人、悪い顔で頷き合っている。

「雪嵐を置いてきて正解だったな」

晴嵐が独り言のように言った言葉が聞こえ、凛花はふふっと笑った。

当初、威圧感を演出するため、紫曄の供として双嵐を揃えることを考えていた。だが、雪嵐が、自分は皇宮に残ることを提案した。

『副神月殿長《ふくしんげつでんちょう》のような中途半端な悪党は無駄に往生際が悪いものです。くだらない時間稼ぎに付き合ってやる義理はありません』と、自分が皇帝側近として外から圧力を掛けるので、さっさと救出して帰ってきてください。そう言ったのだ。

(これ以上、明明に怖い思いをさせたくないから、強行突破にならずに済んで本当によかったわ)

そうして作戦通り、凛花たちが待機させられている間に、雪嵐と朱歌が外と内から迫った。その結果、朱歌が神月殿の主導権を奪い、やっと明明の解放が叶ったということだ。

しばらく長い通路を進むと、大きな中庭を臨む回廊に出た。侍女《じじょ》たちと前を歩く朱歌の体から、ふっと力が抜けたように見え、凛花を振り返った。

「凛花さま。この神月殿には二つの派閥があり、お恥ずかしいことに長らく対立してるのです」

「派閥ですか」

神月殿の総本山だ。あって当然の話だと凛花は思う。

朱歌がこう切り出したということは、今回のことは派閥争いに巻き込まれてのことなのだろうか?

「私の実家である赫家と、副神月殿長《ふくしんげつでんちょう》の白家は、共に優秀な月官《げっかん》を輩出する名家なんだ。留守中の神月殿長と私が同派、白は別派。今から向かう薬院には同派が多いから、気楽にするといいよ」

「はい。あの、明明の無事は確認できているのでしょうか」

「もちろん！」

現在の神月殿は、朱歌の赫派が主流らしい。

神月殿長が赫派だから……ではなく、今は寵姫《ちょうき》となった凛花への神託《しんたく》を出したのが、朱歌であったことが理由だとか。しかも今、神託《しんたく》を授かる神事を行える月官《げっかん》は神月殿長一人だという。

「だからね、神月殿長が留守とはいえ、白殿たちが好きにできることは限られている。禁止薬草を使い、明明を通じて凛花さまを陥れようとしたようだが……随分な浅知恵だよ」

それはそうだと凛花も思う。だが、よく分からないこともある。

「ですが朱歌さま。何故、神月殿が私を陥れようと……？」

「赫派が推した妃であるあなたを陥れることができれば、ついでに私も排除できると考えたようだね。ただ――白殿の単独行動と思えないのが引っ掛かるけど……」

薬院の門をくぐる。

ここは薬師や薬草の研究をする『身分だけは月官《げっかん》』という者が多い。外部の人間や他部署の月官《げっかん》はほとんど足を踏み入れない場所だ。

(あ……薬草の匂い！)

風に乗ってふわりと香る爽やかな草の匂いに、凛花は顔を上げた。

方向から考えると、この建物の裏手か中庭に薬草園がありそうだ。

(種類までは分からないけど……いい匂い。これだけ香るなら質も良さそうだし、規模も大きいんじゃない？)

凛花は、くんくん、くんくんとつい鼻で匂いを追いかける。

もし満月が近い時期だったら、虎の鋭い嗅覚が薬草の種類まで嗅ぎ分けたかもしれない。

「どうした、凛花」

「あ、主上。いえ、早く明明に会いたいな……と」

「……お前、人の匂いまで嗅ぎ分けられるのか？」

紫曄は目を瞬き、こそりと耳元で言う。

「まさか。……実は、ちょっと薬草のいい匂いが漂ってきてまして、薬草園も見たいなと思ったんです」

「なるほどな。ああ、着いたらしいぞ」

先導する月官《げっかん》が扉越しに何やら声を掛けている。少し開いた扉から顔を出したのは、白い服を着た青年だ。白は月官《げっかん》の衣装の色だが、その型は表で見た月官《げっかん》とは異なっている。

（あら、薬院の月官《げっかん》は衣装まで違うのね。月の女神に仕えるっていうより、薬神に仕えてたり……？）

凛花はシャラ、と簪《かんざし》を鳴らし、ほんの少し背伸びをして扉の中を窺い見た。と、少し距離がある扉から、チリッと鼻につく匂いが漂ってくるのを感じた。

（何、この匂い……薬草？　それとも加工した薬液？）

後ろの麗麗を振り向き見るが、麗麗は何の違和感もない顔をしている。その隣の晴嵐も、凛花と並んでいる紫曄も表情は変わらない。もちろん、前方の朱歌もその他の供たちも同様だ。

（私だけ……？　虎の嗅覚だけが反応してるのかしら）

この匂いを何と表現したらいいのか分からないが、かすかな匂いのくせに酷く気になることは確かだ。じわじわ追い立てられるような、気持ちをさざくれ立たせるような香りだ。

凛花は妙な香りに気を取られながら、案内に従い調合室のような扉の内に入ると――

「凛花さま‼」

明明がそこにいた。

「明明！　無事ね！」

凛花は簪《かんざし》をシャラと揺らし駆け寄った。その手を握り、肩を撫でていたわる。

明明の表情も声もいつも通り。見慣れぬのは町娘風の衣装だけだ。

「はい。大事ありません。あの、まさか来ていただけるとは思ってなくて……！」

「来るに決まってるでしょう！　本当に無事でよかった。ずっと薬院で保護されていたの？」

「いいえ、最初は別の場所で……でも、今朝からこちらに！　あ、そうだ。こちらの希少本を見せていただいたり、薬草の処理について伺ったり、とても勉強になりました！」

さすが薬屋の娘だ。恐ろしい思いをしただろうに、好きなものに囲まれたことで落ち着いたようだ。

「元気そうで安心した。ふふ！　明明のために、もう少しゆっくり凛花さまを連れてくればよかったかな？」

頬を紅潮させて薬院の話しをする明明に、朱歌が悪戯っぽくそう言った。

「い、いいえ、暁月妃さま！　そんなことは！　あの、今朝までは狭く暗い房《へや》に閉じ込められていてとても心細かったのです。暁月妃さまが来てくださったから、私……！」

「ああ、意地悪を言ったね。ごめんよ、明明。もう大丈夫だ」

さあ、涙を拭いて……と、朱歌は侍女《じじょ》が差し出した手巾《しゅきん》で目元を拭ってやる。凛花の傍に控えていた麗麗も、ホッとして気が緩んだのか目元を潤ませている。

「……相変わらず年下の女の子に強いよな、朱歌は」

「……昔は年上の女官たちをたらし込んでいたけどな」

幼馴染《おさななじ》みの男二人は、微妙に遠い目をしていた。

きっと彼らには色々な思い出があるのだろう。きっと。

◆

「朔月妃さまは気さくな方なのですね。お美しいとのお噂は耳にしておりましたが、どのような方なのかまでは……あ、『雲蛍州の薬草姫』との呼び名はもちろん存じております！　ぜひ薬草園へご案内を！　いえ、もちろん主上のお許しをいただいてからと！」

挨拶を交わした途端ぺらぺらと喋り出したのは、明明を匿ってくれていた調合室長の男だ。

名を、碧という。

垂れ目で穏やかそうな雰囲気をしているが、口を開いた瞬間にその印象はガラッと変わる。よく喋る月官《げっかん》だと、朱歌と麗麗以外の者は皆面食らった。

「先程は恥ずかしいところをお見せしました。ところで碧さまは、薬院ではどのようなことをなさっているのですか？」

明明の無事を確認した凛花の興味は、さっそく充満している薬草の香りに移っていた。煌びやかな衣装であることを忘れ、つい身を乗り出し聞いてしまう。

故郷を出てから同好の士と会話をするのも、薬種を扱う場所へ来るのも初めてで、慣れ親しんだ久し振りの空気に心が躍るのを抑えられない。

「薬草園の管理と、もちろん栽培にも携わっております。特に最近は、土の質や肥料の与え方によって、生育状況がどのように変わるかを研究しておりまして……あっ、よろしければ研究室へいらっしゃいませんか？　先ほどの調合室は皆様をお招きするには手狭ですし……ああっ、でも僕の研究室も主上や月妃《げっぴ》さま方をお招きできるような場所ではないのですが……。そうだ！　薬草園はどうでしょう！　あっ、お衣装が汚れてしまいますね。困りました。赫さ――いえ、暁月妃さま、どうしたらいいでしょう？」

――長いわ。

――本当によく喋る男だな。

――副神月殿長《ふくしんげつでんちょう》が言っていた『面倒な』って、こういうことか？

碧とは初めて接する凛花、紫曄、晴嵐が心の中でそれぞれに呟く中、麗麗と朱歌は慣れた様子で微笑み頷いた。

「そうだね。特に薬草や研究に興味のない者もいるし、三手に分かれてはどうかな。私は明明に薬草園を案内してやろう」

朱歌の提案に従い、凛花と麗麗は研究室へ。紫曄と晴嵐は近くで待機し、明明は恐縮しつつも薬草園へ行けると喜んだ。

研究室の窓から覗く薬草園は、畑だけでなく樹木も立ち並んでおり、少し変わった庭園のようにも見える。苔や藻を採取できる池もあるという。

凛花の目には、散策をしている明明と朱歌たちの楽しそうな様子がよく見えた。

やはり自分も薬草園を見てみたい。だが、ここへ来る途中で気になった『匂い』が、薬草園からではなく碧から漂ってくるのだ。

（どうしても気になるのよね、あの匂い。そわそわして嫌なんだけど……碧さまの研

究室にあるなら確かめたい）

「朔月妃さま、麗麗殿、こちらです。あまり片付いているとは言えませんがご容赦ください」

言葉の通り、書物や木箱、鉢、薬草などの見本で雑然とはしているが、さすが神月殿内だ。埃っぽさはなく、調合室ほど強い薬種の匂いは感じない。だが――

（やっぱり匂う。どこからだろう……この気になる匂い）

かすかに香る匂いを探すように、凛花は案内を受けながらゆっくりと研究室を見回す。

「私はここに初めて入りましたが、なかなか壮観ですね！」

以前、朱歌に仕えていた麗麗は、薬草園には何度も足を運んでいたそうだ。朱歌の散歩場所だったらしい。

麗麗は凛花に付き従い、珍しいものを見るように室内を見ていた。

様々な器具が置かれ、乾燥させた薬草や何らかの結晶、鉱石、実などが入った硝子瓶《がらすびん》が棚に所狭しと並んでいる。これだけのものは凛花にとっても珍しいもので、つい興奮気味に碧に話し掛けた。

「素晴らしい研究室ですね！　碧さまは薬師と伺っておりますが、どのような分野が専門なのですか？」

「ありがとうございます。朔月妃さま。ええっとですね、僕の専門は神仙の研究なのです。特に、伝説上の薬草や薬を作り出せないかと……ああ、これは月官《げっかん》として不信心だと叱られるのでどうかご内密に！　表向きは伝説上の薬草や薬と、似た効能を持つものを作れないかと研究しております」

ここにも黄老師と同じく、神仙と薬草を研究している者がいたのか。

凛花は思わぬ収穫を喜ぶと共に、あまりの偶然を前にして頭の片隅で訝《いぶか》しんだ。

(『神仙と薬草を研究』なんて、日の当たらない地味で珍しい研究者のうち、二人に会えるなんて偶然……ある？)

黄老師には、自分から会えるよう努力した。だが、碧に関しては偶発的なもの。凛花はほんの少しの警戒心を胸に潜め、碧の研究に耳を傾けた。

「――で、最近なかなか興味深い書物を、薬院の書庫で見つけたのです。伝説とも言えないくらいに怪しい内容なのですが、面白いので似た薬草を使って調合してみたのです。ただ、効力があるのかないのか分からないのですよね！」

あはは、と碧が笑う。

「効力を確かめられないのですか。それは残念ね。碧さま、その興味深い書物とは、どのようなものなのですか？」

「朔月妃さまは、獣化《じゅうか》神話をご存知でしょうか？」

その言葉に、凛花はギクリと身を硬くさせた。

ご存知もなにも自分自身のことだ。

「ええ、もちろんです。私の故郷にもいくつかお話が伝わっておりますもの」

「そうでした。雲蛍州には面白い虎のお話がいくつもございますね！　あ、あった。この書物です」

差し出された書物は明らかに古いものだった。

表紙に題名や作者名はなく、神月殿の紋章が入っているだけ。素っ気ないその表紙は頑丈な素材で補強してあり、書見台《しょけんだい》に置かないと読み難そうだ。

「この本、元は巻物のようなんです。わざわざ本の形に仕立て直し、補強までしてあるのに書庫の奥に仕舞い込まれていたのですよ。読まなければ勿体ない！　と引っ張り出してきたのですが、どうやら欠けているようなんですよね。本当に勿体ないことです」

「……欠けているとは？」

凛花は手にしていた本を見てみる。一見しただけでは表紙も本文にも欠けがあるようには思えない。

「ああいえ、違うのです。収納されていた箱に、あと二冊分ほど入る余裕があったんです。これはもしかしたら三巻一組だったのでは？　と思ったのです。そう思ってこの本を見てみると……頷けるんですよね」

碧は頁《ページ》をぱらぱらと捲り、凛花に勧めた。

頁《ページ》を見た途端、再びぎくりとし、凛花は作り笑顔を固まらせた。

そこに記されていたのは、様々な獣や薬種の絵だった。他にも薬らしき名称とその効能が書かれている。

（な……何これ！　獣化《じゅうか》に関する薬じゃない……！）

まさかこんな所で、こんな突然に、凛花が探し求めていたものに出会えるとは。

凛花は心臓の高鳴りと、頁《ページ》をめくる手が震えるのを感じた。

（虎……虎はどこ？）

『長く変化するための薬』『美しい声になる薬』『臆病を治す薬』『毛並みを良くする薬』。

そんなお伽噺《とぎばなし》のような薬の項目が、獣種別に並んでいる。

「本当に興味深い内容だと思いませんか？　朔月妃さま」

（大蛙、龍……、燕、兎、狼――……）

碧の言葉はもう凛花にほとんど届いていない。目だけでなく、意識も全てこの書物に釘付けだ。

「伝説上の存在である『獣化《じゅうか》』した人間のための薬だなんて、想像力が豊かすぎます！　それで、もしかしたら何かの暗喩《あんゆ》なのでは？　と考えました。実はここに載っている薬草がでたらめで……」

「……え？　でたらめ？」

碧の残念そうな声に、凛花は顔を上げた。

「ええ。朔月妃さまでしたらお分かりになるでしょう？　描かれている薬草の特徴が、実在するものと少しずつ違っているところがあるのです」

そう言われよく見てみると、注意しなければ気付けないものの、違和感があることに気が付いた。

例えば鋸状の葉の細かさ、茎を覆う棘の長さ、花弁の色の一部など。本当に細かな違いだ。名称が書かれておらず、絵しかないので判別がかなり難しい。

「ただ、神仙の研究者としてはとても興味深いのですよ。特徴だけを見ると、伝説上の薬草の記述と似ているんです。もしかしたら、これは月の女神がもたらした秘薬なのでは？　などと考えてしまいます」

碧の声には、何かを窺うような響きが滲んでいた。虎の耳を持っている凛花だから気付いた程度の違和感だ。これは気付かなかったものとするのが正解だな。凛花はそう思い、本に没頭するふりで碧の言葉を流す。

「……あら？　でも、全ての材料が実在する薬草の薬の頁《ページ》もありますね」

一体どういう意味があるのだろう。伝説上の薬草が書かれた頁《ページ》と、実在する薬草の頁《ページ》とでは何が違うのか……？

凛花が眉間に皺を作って凝視していると、碧が嬉しそうに「あはっ！」と笑い声を上げた。

「やっぱりお気付きになられましたか！　答えを言ってしまいますと、実在する薬草ばかりが材料となるものは、名称こそ違いますが、実在している薬そのものなのです。他の書物にも、同じ薬草を使う別名の薬の製法が記されておりました。ただ、何故か、いかがわしいものが多く困惑しましたが……」

「いかがわしい？」

返答は無言。碧はただ微笑むのみだ。

（清らかな神月殿で口に出しにくい『いかがわしい薬』ってことは……もしかして、後宮向きなお薬だったりして）

「ああ、嬉しいです。朔月妃さま。無礼であることは重々承知しておりますが、僕は朔月妃さまと一日中……いえ、夜通し語り合いたく存じます」

「え？」

サッと跪くと、碧はうっとりした目で凛花を見つめた。

「碧殿！」

妙な真似をされては困る！　麗麗が侍女《じじょ》ではなく護衛として間に滑り込むと、その瞬間。

凛花の嗅覚が『気になる匂い』を強く感じた。

麗麗の素早い動き香りが乗ってきたのだ。ということは、麗麗が控えていた凛花の背後。そこに匂いのもとがあるはず。

凛花はくるりと振り返り、麗麗がいた辺りの棚や長卓に目を走らせたが――

「凛花さま！」

「さ、朔月妃さま！」

――突然目の前が暗くなり、凛花はその場に倒れ込んだ。

視界が霞み、蒸し風呂にいるような暑さを感じて息苦しい。それに手足に力が入らない。立ち眩み？　貧血？　それにしては前兆もなかったし、気になったのはあの匂いだけ……

（まさか、この匂いのせい？）

凛花はぼやける視界に目を凝らした。視線の先にあるのは、いくつかの硝子瓶《がらすびん》だ。倒れる間際に見えたのは、薬草を乾燥させ固めたものや、液体に浸けているものなど。保存しているか、状態観察をしていると思われる瓶だった。

（ひとつだけ……蓋が開いてる……）

密封できる保存瓶に入れているのに、どうして？　空気に触れては台無しになってしまうはず。なのに何故、碧さまはそんなことをしていたの？

薄れゆく意識の中、凜花の目には熱く自分を見つめる碧の姿が、ぼんやりと映っていた。

◆◆◆

凜花たちが研究室へ、朱歌たちが薬草園へ向かうと、紫曄と晴嵐は近くの房《へや》へ通された。

若い月官《げっかん》に茶を用意させると、晴嵐は人払いをした。護衛たちは扉の外だ。

「何か話しでもあるのか？　晴嵐」

「紫曄。ちょっと寵姫《ちょうき》さまを甘やかしすぎなんじゃねぇの？」

晴嵐は不機嫌さを隠さず、率直な幼馴染の言葉で言った。

「わざわざ明日まで時間を作ってさあ。明明もあっさり見つかったし、お前が同行しなくても朱歌だけで事足りた話だろ」

紫曄は片眉を上げて向かい合う晴嵐を見た。少し冷めた茶を飲み、一口、二口。しばらくして、ぽつりと言った。

「俺が月華宮を空ける必要があったんだ」

紫曄は先ほどまでとは違う悪戯っ子の表情だ。

「……ん？　わざと皇宮を空けたって言うのか？」

「ああ。今頃、雪嵐が予想通りだとほくそ笑んでいるんじゃないか？」

「は？　何か企んでたのか？　俺は聞いてねぇけど」

「雪嵐に、お前には黙っておけと言われていた。晴嵐はポロッと余計なことを言いそうだから……だと」

「わざわざ神月殿まで来て、誰を嵌めようとしてたんだよ」

そんな楽しそうな企みから除け者にするなんて狡い。ちゃんと聞かせろ！　と晴嵐は紫曄に詰め寄る。

「何も楽しい企てなどしていない。俺が皇宮を空け、朔月妃と暁月妃もいない。常に目を光らせてる黄老師も、攫われた女官に気を取られている。どうだ、隙だらけだと思わないか？」

「……ああ、そういうこと」

分かりやすい隙は駆け引きにもならない。

だが、手数の掛かることはお互いさっさと済ませたいはずだ。

月華宮の表でも裏でも、付け入る隙を探している者がいたのなら、今この時こそ絶好の機会と考えるだろう。

現在の宮中に、表立って紫曄の隙を狙うような者はいない。そんな分かりやすい者はとっくに処分されている。だからこそ、このように偶然できた隙こそが、彼らが待っていたものなのだ。

ちなみに残っている臣たちは、紫曄を認め応援している者が少数。事なかれ主義の者が大多数だ。中には静かに紫曄を認めていない者、皇帝として役に立つのか、仕えるに値するかと値踏みしている者もいる。

「星祭を楽しみたい弦月妃か」

「後宮と神月殿にも、星祭を楽しみにしている爺たちがいるようだしな」

何かを企んでいるのは、紫曄ではなくあちら側だ。不意打ちで仕掛けられる前に、仕掛けさせたほうがいい。

「……紫曄さ、やっぱり甘やかしすぎだと思うわ」

『神託《しんたく》の妃なんて』と、うんざりしていた男とは思えない。晴嵐は呆れ気味に、だがちょっと嬉しそうに言う。

紫曄が寄りかかれる場所ができるのはいいことだ。同性の幼馴染《おさななじ》みでは貸してやれないものもある。

「甘やかしてもらっているからな。同じように返してやらねば不公平だ」

月華宮で太子の立場にあった時、皇帝となった今も、紫曄の置かれた立場はいつも『一番上』だ。甘えなど許されないし、見せることはできない。だが、年上の幼馴染の前では末っ子のようになる。

――こいつ、朔月妃の前ではどんな風になってるのかな。

晴嵐はやっぱり呆れ笑いでそう思い、たまには惚気話《のろけばなし》でも聞くかと腰を浮かせた。

だがその時、バタバタバタという騒がしい足音が聞こえ、晴嵐は立ち上がり腰の剣に手を掛けた。紫曄も同様、身構えるが、扉の外から聞こえてきたのは予想外の声だった。

『主上！　申し訳ございません、凛花さまが！』

◆◆◆

『り……さ……！　しゅ…………いま！』

麗麗が何かを言っているが、薄らぼんやりする凛花の頭には言葉が入ってこない。寄り添っていた麗麗が離れた気配がして、入れ替わりで誰かが傍に屈み込んだのが分かった。多分、碧だ。

（よく分からないけど……ちょっと近くで見すぎじゃないの？）

そんなことを思っていると、へたり込んだ床から足音が響き、慌ただしく誰かが駆け寄ってきたのが分かった。嗅ぎ慣れた香から紫曄だと分かり、凛花はホッと口元を緩めた。

「凛花！　何があった、碧！」

紫曄は碧を押し退け、凛花に駆け寄りそうっと抱き起こす。

「そ、それが突然崩れ落ちるように倒れ込まれまして、一体どうなされたのかっ、僕にも分からず……！」

小刻みに震え、つっかえながら碧は答える。

「紫曄、とにかく休ませよう。誰か休める場所を用意しろ！　麗麗は朔月妃さまを運んでくれ」

「はっ！」

麗麗がサッと屈みこみ腕を伸ばすと、黒紫色の袖が前を遮った。

「いい。俺が運ぶ」

その言葉に、碧と神月殿の者たちが目を丸くした。

「案内しろ」

凛花を抱き上げた紫曄が言った。

◆◆◆

「驚いたなあ」

紫曄たちが去り、碧は一人呟いた。

すっかりいつも通りの静かな研究室で、まずは三巻組の書物を箱にしまうと棚に手を伸ばした。そして蓋を開けておいた瓶を手に取って、ひと嗅ぎする。

「やっぱり何も感じない……。ふふ、ふはっ！　遊びで開けたままにしてたけど、まさか朔月妃さまが反応するなんて……！」

草の匂いはするが、だからどうということはない。碧にとってはただの『伝説上のでたらめ薬』だ。

この薬に『虎を大人しくする薬』という名が付いていたとしても。

「朔月妃さまと一晩中お話ししたいなぁ……ふふっ」

碧は先ごろ、後宮に虎が出たとの噂を聞き付けた。

この天満《てんまん》に虎はいない。だが、少し前に後宮入りしたのは、虎化の伝説がある雲蛍州の姫だ。ただの偶然だろうと思ったが、万が一の可能性もある。

だから碧は、遊びの気持ちで凛花に『虎を大人しくする薬』を嗅がせたのだ。

「でも、倒れるとは思わなかったなあ。眠るかとろんとする程度かと思ってたのに……ちょっと濃くしすぎたかな？」

　この薬は、猫にまたたびを嗅がせるようなものだと碧は考えている。原料となる薬草の効能は、本能を刺激し、媚薬《びやく》になるようなものだ。

「……もっと濃くして、物凄く興奮させたらどうなるんだろう？　あの方は、どんな虎なのかな……」

　垂れ目をにんまり細め想像を膨らませていると、カタリと奥の扉が開く音がした。

「――先生。客人は帰ったのか？」

　隙間から掛けられた声は、よく知った男のもの。

　目立つ風体だからと、碧がこっそり月官《げっかん》の衣装を渡しているが外部の者だ。

「琥珀《こはく》。どうぞ、入っておいで」

「今日の収穫分だ。表の薬草園に人がいたので少なめだ」

　薬草の入った籠を置くと、琥珀と呼ばれた男はくんと鼻を鳴らし顔をしかめた。

「……匂うな」

　被っていた笠と手袋も取り、口を覆っていた布も取り外す。

　きょろりと室内を見回す瞳はその名の通り、煌めく琥珀色。皇都《こうと》でも珍しい褐色《かっしょく》の肌に、細く束ねられた長い黒髪。背丈は高いが大男というわけではない。

　静かに潜む、黒く、しなやかな獣のような印象だ。

「やっぱり君も気付くんだ。実験をしたんだけど、なかなか面白いことが起きてね！」

「実験？」

「そう。――ああ、裏の薬草園の生育状況は良さそうだね」

碧は琥珀が採取してきた籠の中の薬草を検分する。手にしている薬草は、どれも先程凛花に見せた本に載っていたものとよく似ていた。

やけに細かい鋸状の葉。茎を覆う針のように長い棘。真っ白に見えるが裏側だけ黒い花弁など、表の薬草園には存在しない特徴を持った薬草だ。

「そうだ。今夜は宿泊の予定だって聞いてるし、また明日お話できないかな？　彼女もあの本に興味がありそうだし、何か理由を付けてもう一度実験したいなぁ……」

碧の口から再び出た実験の言葉に、琥珀は眉をひそめた。

「あ、今日は君の実験は結構。少しやりたいことができたからね。おっと、ご注文の品ができてるんだ。持ってくるから少し待ってて」

「分かった」

碧の背中が見えなくなると、琥珀は思案顔で呟いた。

「実験で面白いことが起きただと……？」

困惑しかない顔で、琥珀は目を閉じ嗅覚に意識を集中させる。

すると香ってくるのは、採取したばかりの薬草と、辺りに並ぶ薬種の匂い。それから白粉、高貴な香、髪油……

（表の薬草園で見かけた女たちか？　それとも別人か……。ここを訪れ『実験』に付き合った客人は誰だったのだろうか）残り香を感じる中、琥珀は先ほどの碧の言葉を思い出していた。

『そうだ。今夜は宿泊の予定だって聞いてるし、また明日お話できないかな？　彼女もあの本に興味ありそうだし、何か理由を付けてもう一度実験したいなぁ……』「確かめてみるか」

琥珀はそう呟いた。

◆◆◆

「何があったのだ？　凛花」

目を覚ました凛花を抱き起こし、紫曄が訊ねた。

どうやら紫曄は、牀榻《しょうとう》の横に椅子を寄せ、眠っていた凛花をじっと見守っていたよう。

あのまま意識を失った凛花は、神月殿内の離れに運ばれていた。

ここは神月殿の奥の奥。一部の者しか入ることを許されない特別な祈りの場所。その傍らに建てられた小さな、しかし豪華な造りの離れだ。

「それが……自分でもよく分からないんですよね？」

凛花は首を傾げると、真白な天井を見上げ、倒れる前のことを思い出し語った。

『気になる匂い』に導かれるように碧の研究室へ行き、室内で強く香ったと思った途端、急にへたり込んでしまったと。

「医薬師の診察では特に問題なく、貧血でも起こしたのではないかと言っていたが？」

「貧血とは違う感じがしたんですが……。夢中になりすぎたか、緊張したせいでしょうか……？」

どういうことだ？　と再び訊ねた紫曄に、凛花は研究室で見た書物と、碧から聞いたことの全てを話した。

「書物に書かれていた内容もですが、やっぱりあの匂いが気になります。皆は気付いていないようでしたけど、私は本当に気になって……」

「碧か。あの月官《げっかん》は少し気を付けたほうがよさそうだ。お前にはもう会わせない」

「え？　主上に何か失礼でもあったのですか」

凛花はもう一度碧に会って話を聞きたいと思っていた。

あの書物をもう一度ゆっくりと見たいし、獣化《じゅうか》について知っていることがないかも探りたい。書物に描かれていた伝説上の薬草についての話もまだ聞き足りない。

「何か失礼でもってお前……。碧がお前に随分と馴れ馴れしかったと麗麗から聞いた。それに、不埒《ふらち》な誘いを受けたとも聞いたが？」

紫曄は不愉快そうな顔で目をすがめ、凛花を見た。

不埒《ふらち》な誘い……と言われ、凛花はまだ霞のかかる頭で碧とのやり取りを思い返す。

そういえば、倒れ込む直前に奇妙なことを言っていたような……？　と記憶を辿った。

『ああ、嬉しいです。朔月妃さま。無礼であることは重々承知しておりますが、僕は朔月妃さまと一日中……いえ、夜通し語り合いたく存じます』

「……。確かに言ってましたね」

凛花は嫌そうな声で呟き、大きな溜息を吐いた。

言われた時には驚いたし、箱入りだった自覚のある凛花は、故郷でもあのような不躾な言葉や目線を受けたことがない。だから一瞬、対応が遅れてしまった。

「立場を差し引いても初対面で有り得ない言葉ですし、気分はよくなかったです」

「当たり前だ。麗麗が抗議したと聞いたが、俺がその場にいればよかった」

紫曄は忌々しいと吐き捨て、明らかに怒った顔をしている。副神月殿長《ふくしんげつでんちょう》の前で見せた、冷徹《れいてつ》な皇帝の顔とは大違いだ。

「ふふ！　主上がそう言ってくれてホッとしました」

「凛花。お前が怒ってもよかったのだぞ」

「次はそうしますね」

ふふ！　とまた笑うと、紫曄は凛花を片手で抱き寄せた。

「次はない。まったく……。麗麗から『碧がうっとり見つめ口説いた』と聞いた時には意味が分からなかったぞ。月妃《げっぴ》を口説く馬鹿がいるとは思わなかった」

「……そうですね」

本当にその通りだ。紫曄の怒りはもっともだし、次がないのも当然だ。

碧は神月殿薬院の筆頭薬師だが、月妃《げっぴ》と簡単に面会できる身分ではない。この一件がなくとも、凛花ともう一度会う機会は普通ない。

（本当はもう少し話してみたいと思ったけど……でも、あの言葉よりも視線がちょっとね……）

紫曄には言わなかったが、麗麗いわく『うっとり見つめ』ていたというあの視線を、凛花は怖いと思ったのだ。

（面白いものを見つけたという、好奇心でうっとりしているような目だった）

程度は違えど、同じく研究をする凛花だからこそ感じたことかもしれない。

不埒《ふらち》な想いをぶつけられたというよりも、貴重な薬草素材を前にし興奮した薬師、という雰囲気を感じたのだ。

「……やはり『誓い』をするべきだったかな」

　紫曄がぼそりと呟く。

「あの、主上？　その『誓い』ってなんですか？」

　副神月殿長《ふくしんげつでんちょう》との会話でも聞いた言葉だ。

　今日は『神月殿詣《しんげつでんもうで》』だと聞いていたが、それは祈りを捧げるだけではないのか？

と凛花は紫曄の顔を覗き込む。

「……。『神月殿詣《しんげつでんもうで》』は、皇帝と月妃《げっぴ》が揃って月の女神に祈り、誓いを交わす儀式だ。本来は望月妃と共にする儀式なのだが……」

「えっ……望月妃⁉　私、朔月妃ですけど！」

　望月妃と朔月妃では、格も意味合いも全く違う。望月妃は最上位の月妃《げっぴ》で、朔月妃は最下位の取るに足らない妃だ。

「知っている。これを機に望月妃になっても構わんが、どうだ？」

「主上。以前も言いましたけど、私は朔月妃のままでいます」

　何度目かの提案につい渋い顔をしてしまうが、凛花だって真っ直ぐに向けられる気持ちが嬉しくないわけではない。

（私の虎化をなんとかできて……覚悟ができたら）

　そう思い、きゅっと袖を握りしめる。

多分、気持ちだけならもう通じ合っている。だが、人には心だけでなく、肉体があり立場や身分も付いて回る。皇帝や月妃《げっぴ》なんて、その厄介さは最たるもので、要らないと思っても捨てることはできないし、そんなわけにはいかない。

「じっと見つめてどうした？　望月妃になる気になったか？」

「……いいえ。まだです」

「それは残念だ。まあ……今夜のところは儀式はしない」

だからゆっくり休めと、紫曄は凛花を牀《しんだい》に横たえる。そろりと凛花の頬をなぞり、微笑む顔を凛花は見上げた。

正確な時刻は分からないが、窓からは雲に見え隠れする月が見えている。ここに麗の姿はないし、もう夜も更けているのかもしれない。

たまには自分が寝かしつけられるのもいいかな。凛花はそんな風に思い、髪を撫でる紫曄の掌の心地よさに目を閉じかけて……ハッと、ここへ来たそもそもの目的を思い出した。

「そうだ、明明は！　明明はどうなりましたか、主上！」

「はぁ……。安心しろ、朱歌が連れ帰った。それからこれは、明明からお前へだ」

そう言い文を手渡す。

こんなものを預かっているのなら、早く見せてくれればよかったのに！　凛花は慌てて文を開き目を通した。

明明らしい読みやすい文字で、まずは救出の礼が書かれていた。

次に、『骨芙蓉《こつふよう》』については何も分からなかったこと。しかし、品質を比べようと持ち帰っていた『百薬草《ひゃくやくそう》』については、気付いたことがあると記されていた。

薬師でもある家族とよく観察していた時のことだ。明明は、葉の裏側の付け根部分と、そこから伸びる葉脈の色が紫色をしていると気付いたらしい。

普通、百薬草《ひゃくやくそう》の葉の色に目立った特徴はない。葉も葉脈も茎も同じ緑色だ。だが、後宮の小花園《しょうかえん》から持ち帰った百薬草《ひゃくやくそう》は違っていた。

少し日が経ってしまったせいで変色した可能性もあるが、この百薬草《ひゃくやくそう》も骨芙蓉《こつふよう》と同じく、珍しい薬草の可能性があるのではないか？　とあった。

それともう一つ。慌てて書き足したような走り書きに、凛花は息を呑んだ。

〝薬院の薬草園の造りと栽培されているものは、小花園《しょうかえん》と非常に似ています。それから、小花園《しょうかえん》のものと同じ特徴を持った百薬草《ひゃくやくそう》を見つけました。こちらも小花園《しょうかえん》と同じく、薬草園の奥にある天星花《てんせいか》の生垣の奥から伸びておりました〟

（偶然なの……？）

凛花の脳裏には、いくつかの気になる事柄が浮かび上がっていた。

まだ手を付けていない小花園《しょうかえん》の奥。見つかった骨芙蓉《こつふよう》と、おかしな特徴を持つ百薬《ひゃくやく》草《そう》。碧が見せた書物と『気になる匂い』

まだ他にもある。明明が攫われたこともおかしいし、少し前に小花園《しょうかえん》を見に来た月《げっ》官《かん》と宦官《かんがん》も気になるし、植栽図《しょくさいず》を突然譲ってくれた弦月妃も妙だ。

「……主上」

「なんだ？　何か気になることでもあったか？」

「はい。私……ちょっとひとっ走りしてきてもいいですか？」

「……は？」

突拍子もない凛花の発言に、紫曄は盛大に眉を寄せ顔をしかめた。

「なんと？」

「だから、ひとっ走りです。薬草園の様子が気になりまして……」

「違う。明明の文のほうだ」

「そっちですか。救出の礼と、見学した薬草園について気になることが――……い、いたっ！　主上？　ちょっと何するんですか！」

ごちん、と音がするほどの勢いで、紫曄は凛花と額を合わせたた。そして大きな溜息を吐くと、ひょいっと凛花を抱き上げ、椅子に座った自分の膝に抱え乗せた。

「それで？」

紫色の瞳で下から見上げられ、凛花の心臓が飛び跳ねた。見下ろされることは多くても、見上げられることはほとんどない。それにこんな距離はずるい。

ほとんど反射でどきりとしてしまう。

「あの……なぜ膝の上なのですか？　主上」

「原因不明で倒れたくせに飛び出して行きそうな妃がいるからだ」

じとりと見据える目は怒っているのか呆れているのか。多分両方かなと思う凜花は、ヘラッと笑い返す。

「薬草園が気になっただと？　お前らしすぎて溜息しか出ない……」

頭を胸元に押し付け、ギュウッと両腕で腰を抱く。

凜花の口から「うっ」という声が漏れたが、ちらりと目を向けた紫曄は『何か文句があるのか』という顔だ。

「主上。ご心配をおかけしました。でも私、もう元気ですよ？」

「い、いや、あちらの姿は危険すぎる。お前、先ごろの小花園《しょうかえん》での騒ぎを忘れたのか？」

虎の姿で人に見つかれば大騒ぎになる。追い掛け回され、捕獲か駆除されるのが当然だ。

凜花にだってそれは分かっている。だが、この神月殿は丘の上にあり、薬草園はその最も奥だ。月官《げっかん》たちだけでなく、街の人間の目に触れる危険もない。その上、今夜は月が細くて雲も多い。

それこそ夜目が利く猫くらいしか歩いていないだろう。

「大丈夫です。神月殿は規則正しい生活を送る場所。こんな時間に薬草園をうろつく人はいないでしょう？　それに今日を逃したら、神月殿の薬草園を覗ける機会なんてありません！　どうしても気になることがあるんです。四半刻もしないで戻りますから——」

「凛花」

紫曄が珍しく、重い声で凛花の名をを呼んだ。

「知っているか？　昔はこの場所で、皇帝と望月妃は初夜《しょや》を迎えたらしい」

凛花の指をついっとすくい上げ、爪先に唇を寄せて言う。愛しげに唇を押し当てる様は、そこから気持ちを伝えるかのよう。

心配しているんだ。

無茶をしてくれるな。

愛しく想う気持ちで足止めされてくれないか？　と、見上げる紫の瞳が訴えている。

「え、ここ……そんな意味のある場所なんですか？」

驚き、たじろいだ顔を見せた凛花に紫曄はぎゅっと眉を寄せた。

「お前、最近避けていただろう」

凛花はすっと瞳を逸らした。

何を避けていたか。紫曄は具体的に言っていないのに、この反応だ。自覚があったのだろう。

「お前と、人の姿で臥室《しんしつ》にいるのは久し振りな気がする」

言うつもりのなかった、少々情けない言葉が紫曄の口から出た。

紫曄はここが『皇帝と望月妃の初夜《しょや》』の場であったと聞き、腰を引くような仕草を見せた凛花に少々腹が立ったのだ。それから凛花の反応には、正直なところ傷付いた。情けないのでそんなことは言えないが。

「凛花。何故、人の姿で俺に触れられることを避けている？」

「いえ、そんなことは……」

一度は『朔月妃』の位でいることを許したが、『望月妃』となり傍にいてほしいと、言葉でも態度でも伝えてきたつもりだった。だが、凛花は望月妃になることを固辞し、はぐらかしてばかり。

今だって、どれだけ強く見つめても目を合わせようとしない。また逃げている。

「ほら、主上には早くぐっすり眠ってほしかったですし……」

「俺の眠りのため？　だから温かな虎猫を差し出したと言うのか？」

揺れる凛花の瞳を睨むように見上げ、指先を食む。舌でべろりと舐めてやれば、ほんの少しざらついた感触が伝わってくる。

（薬草の世話で少し荒れたこの指先が好きだというのに、薬草に夢中なお前が憎らしい）

紫曄は今夜もきっと逃げられてしまう自分を思って、心の中で溜息を吐いた。

紫曄が理由を聞きたいというのはもっともだ。それは凛花にも分かる。

でも、どうしても、どうにも凛花には言い難い。

「その……」

「もし寝かし付けようとしているのなら、人の姿も愛でさせてくれ」

身じろぐ凛花の腰を抱き寄せ、背中に手を這わす。ビクリと凛花が身を震わすと、紫曄がふっと笑った。

凛花がまとっていた煌びやかな衣装はとっくに脱がされていて、着替えた絹の単衫《ひとえ》は紫曄の熱を余すところなく伝えてくる。

籠められた力も、指先の行く先も、全部が凛花の体に伝わって、今度は違う意味で身を捩ってしまう。

「……んっ」

じわりと滲み出た熱が、凛花の体にじわわと染み込んでいく。

本当なら抱きしめ返したいが、でもそれをしたら今夜こそ逃げられない気がする。

「凛花」

紫曄は華奢《きゃしゃ》な鎖骨に口づけ名を呼ぶ。さあ応えてくれと精一杯のおねだりだ。

だが、見上げる凛花は唇を固く結び顔を背けている。

そういうつもりならばと、紫曄の悪戯心に火がついた。

掌が腰から背に上り、突き出た肩甲骨を指先でカリリと引っ掻く。そしてもう一方の掌は、膝の上から逃げようとしていた太腿に添え、絹地の下に指を忍ばせた。

「凛花……」

肌に触れ、名を呼んでも凛花の唇は開かない。

ならばと紫曄は、ちゅ、ちゅ、と首筋をくすぐっていた唇を一旦止め、薄い肌に歯を立てた。

「あッ……！」

凛花の唇が開き、思わずそんな声が出た。

チクリとした痛みを感じたはずなのに、体の奥がきゅんとして、素肌に触れる紫曄の掌にぞわりと肌が粟立った。

耳元でクスリと笑った声がして、カッと頬が熱くなる。

だんまりを決めたくせに、呆気なく声を上げてしまったから笑われたのか。それとも実は、胸も首も頬も耳まで熱くて、肌が朱に染まっていることに気付かれたからだろうか？

「まって、私……っ」

ハァッ、と漏れた吐息の熱さを感じて凛花は恥ずかしくなった。

自覚できる程の熱なのだ。きっと紫曄にも、顔の赤さだけでなく、騒がしい心臓の音もバレている。だけど……と、凛花はもう一度唇を噛み、紫曄の耳元に唇を寄せた。

「主上。おねがい待って」

「待つ理由は？」

「え？　それは……」

(それは、どう話したらいい？)

もし、いずれ子供ができたら。

もしもその子に、その先の誰かに、虎化の体質が受け継がれてしまったらどうしよう。それが凛花の悩み事であり、心配事だ。

もしそうなった時、子や自分だけでなく、皇帝と雲蛍州にもどんな影響が出るか分からない。だから今はまだ、ただの『抱き枕』でいたい。

(……だけど、不安はそれだけじゃない)

凛花は口を開きかけたが、しかし押し黙ってしまう。胸に巣食うもやもやを全て伝えられる気がしないし、言葉にするには羞恥が勝る。

「分かった。言う気がないのなら、俺の好きにさせてもらおうか」

「え……えっ！」

ぐいっと抱き上げられたと思ったら、そのまま牀《しんだい》に押し倒された。

さっきまで見上げていた紫の瞳が、今度は凜花を見下ろしている。

紫曄の長い黒髪が凜花を覆って、真っ白な臥室《しんしつ》で、真っ白な牀榻《しょうとう》の中で、白銀の凜花はぶるりと震えた。

虎のくせに、捕食されてしまいそう。そんな風に見上げていたら、微笑んだ紫曄が凜花の首筋に顔をうずめ、じゅっと音を立てた。

「あ……、ぃッ！」

首筋に強く吸いつかれ、がぶがぶと甘噛みを受け耳元まで舐め上げられる。

きっと首には真っ赤な跡が残っている。だけど凜花には、じくじくとしたその痛みが酷く甘くて熱い。体の奥に燻るものが熟されて、とろりと溢れそうになってしまう。

「主上……はぁ……ッ」

「ああ、耳は弱かったな」

くつくつと笑いながら、凜花の耳に直接声と吐息を流し込む。

凜花の聡く敏感な耳にとっては甘すぎる責めだ。背筋がぞくぞくして、頭が痺れて蕩けそうだ。

「だめ……っ、あっ」

紫曄は凛花の潤む瞳に目を細め、単衫《ひとえ》の腰紐を解いた。

どうしよう。そう逡巡しているうちに、肌を滑る紫曄の手は太腿から腰を撫で、凛花の胸の内を探るようにその膨らみにも触れた。

「や……、主上……ッ」

「凛花」

掠れた声で名を呼ばれたら、何故か凛花の脳裏に『あの匂い』が甦ってきた。碧の研究室で嗅いだ『気になる匂い』だ。

あの匂いはしていないのに、あの時と同じく体が熱くて、力が入らなくて考えがまとまらない。ハッハッと息まで上がってしまって、なんだかこの感じは倒れ込んだ時とよく似ている。

あっ、あ、ぁっ……と、喉から震える声を漏らす凛花の心中は、恐れなのか期待なのか。素肌を撫でる手で心臓の鼓動を感じ、上擦った声まで聞けばきっと答えは誰にでも分かってしまう。

「ン……、んんっ」

「あまり声を上げるなよ？　しー……っ」

紫曄は囁くように言いまた耳をくすぐって、ぺろりと唇を舐め、凛花の唇を塞いだ。

「その扉のすぐ外には衛士《えじ》がいる」

口付けの合間に呟く言葉に、凛花がハッと目を見張ると、紫曄は蕩けたニヤリ顔を見せた。

自分のせいで恥ずかしがっている凛花が可愛くて仕方がない。もっと困らせてやりたい。さあ、もっと身悶えろ。

そんな傲慢さまでが透けて見えるその顔に、凛花はきゅんと腹を震わせてしまった。

ああ、もうこのまま流されちゃいたい。

もっと、気持ちよくなってしまいたい。

だけど、やっぱり凛花の頭をよぎるのは、自らに受け継がれた『人虎《じんこ》の血』のことだ。

（この不安を話さないまま、理解してもらわないままこの先に進むのは……いけない）

何もかもが不確定で、可能性だけでしか話せない。だけど大きな不安要素だ。

でもこの不安を話したら主上はどう思うんだろう？　この『抱き枕』の寵愛に終わりがくるのでは？　そう思ったら、凛花の心に不安が霧のようにじわと広がった。

「凛花……？　どうした」

黙りこくってしまった凛花の顔を紫曄は覗き込む。

意地悪なことをしすぎて泣かせてしまったか？

紫曄は愛しい虎猫の機嫌を損ねるのが一番怖いのだ。だから好き勝手していた掌を乱れた銀の髪に伸ばし、どうした？ と慈しみを込め頭を撫でる。

「ちょっと、……待ってください」

白い敷布に顔を押し付け息を整える。そして勝手に軋んでいる胸の痛みも抑え込む。

（流されてもいいことはない。この人には他にも妃がいる。もっと増やすこともできる。私の代わりは……いくらでもいる）

神託《しんたく》の妃と言われて大切にされたところで、その効力がいつまでかという保証はない。だけど凛花も分かっている。この不安はただの嫉妬《しっと》だと。

だからこそ、望月妃になりたくないと言う口で、こんなことを思っているなんて言えっこない。

（だって、恥ずかしいじゃない……！）

「凛花……？」

「主上。話したいことがあるんです。でも……お願い。もう少し待って」

「それは構わないが――」

紫曄の返事の途中で、凛花は窓へ目を向けた。そこには雲間に輝く細い月が。

凛花はにっこり微笑むと、紫曄が「あっ」と言う間もなく、その身を白い虎猫に変えた。

「がぅ」

凛花は小さくひと鳴きすると、目を丸くした紫曄の鼻をぺろりと舐めた。

◆◆◆

「卑怯だぞ……！」

腕の中で虎化した凛花の頬をむぎゅっと手で挟んだ。相変わらずの柔らかさに思わず紫曄の頬が緩んで、虎猫の凛花が「うにゃあ」と鳴く。

「まっ……たく！」

紫曄はふわふわな白い頬毛に指を沈み込ませ、半分笑いながらその頬をふにふに揉んでやる。もふっ、もふもふ、と撫で捏ねるうちに、虎猫の凛花が目を細めうにゃうにゃ声を漏らしていく。

きっと凛花は無意識だ。だがそんな表情を見ているうちに、最初は腹いせ混じりで乱暴に撫でまわしていたはずが、徐々に指から慈しみがこぼれてしまう。

「まったく……本当にずるいな、お前は」

「がぁう？」

何が？　と凛花は真ん丸な空色の目で紫曄を見上げる。瞳に映っているのは柔らかく微笑む紫曄だけだ。

——まあ、いいか。

秘密を独占し、それを許容されている優越感だけでも今は十分か。

紫曄はそんな風に思って笑い、膝上で仰向けにした虎猫のふわふわの白毛に顔をうずめた。『もふっ』と『ふにっ』の感触にはやっぱり頬が緩んでしまう。

人の姿の凛花は細身だが、山野を歩き畑仕事を嗜んでいたからか意外と筋肉もついている。それは虎の姿でも同じで、張りがあってしなやかで、だけど体も毛並みも柔らかい。

紫曄は腹に顔を押し付けたまま、すぅー……っと匂いを嗅ぐ。人型と同じ、甘くて優しい香りに頭がくらくらしそうだ。

凛花は紫曄を甘やかし、甘やかさせる。寵姫《ちょうき》に骨抜きにされた古の馬鹿な皇帝の気持ちが少し分かってしまいそうだ。

それはなんと楽な生き方だろうか。紫曄は一瞬よぎった、仄暗いぬるま湯の毎日をせせら笑い、腕にすっぽり収まる虎猫をぎゅっと抱きしめた。

「ぐぅ……っ、にゃあ〜……」

情けない声が凛花の口から漏れ、紫曄はくっくっと笑いながらもう一度、顔を軟毛にうずめたままで深呼吸をした。

「……十分注意して行ってこい」

「にゃっ……、にゃあ！」

顔を上げずに言う紫曄の頭を、凛花は薄紅色の肉球の手でぽむぽむ撫でる。それでも顔を上げず腕も緩めない紫曄に、凛花は『逃げてごめんなさい』の気持ちを込めて、その額をざりざり舐める。

「ふ……ははっ、少し痛いな」

紫曄は顔を上げ凛花と目を合わせる。顔に付いた白毛を掃うと、仰向けに倒れた虎猫を起こしてやった。

膝にちょこんと座る凛花は、虎にしては小さく猫にしては大きい。そんな中途半端な大きさだ。

「行くなら早く行ったほうがいい。今夜は月が細いし、お前も倒れたばかりだ」

「がおう、にゃあお」

ごめんなさい、ありがとう。

そう鳴き声で伝え、凛花はまだ毛が付いた紫曄の頬をざりざりと舐めた。

「ふはっ！　くすぐったい。ほら、俺のことなど放ってさっさと行ってこい」

「わう、にゃあ……」

「ああこら、しょげるな。……ちょっと意地悪を言いたくなっただけだ」

下がってしまった丸い耳を頭ごと撫で、口づけをするように顔を上向かせ鼻と鼻をくっつける。

小柄とはいえ虎にこんなことをする日がくるとは、と紫曄はおかしな気分で虎猫を見て微笑んだ。

「薬草園をひと回りしたら真っ直ぐ帰ってこい。いいな？　凛花」

「がぉう！」

凛花は嬉しそうに一声上げると、紫曄の顔をべろん！　と舐め、そのまま窓から外へ飛び出して行った。

「はぁ……」

溜息を落とす紫曄の膝の上には、凛花の温もりと絹の抜け殻が。畳むべきかそのまま放置しておくべきか。とはいえ、このまま膝上に乗せたままも目の毒だ。

凛花が残していった抜け殻は単衫《ひとえ》だけではない。下着も一緒に、紫曄の膝に残されていた。

「地味に苦行だな……。さすが俺の抱き枕だ」

古の皇帝・皇后の神聖な初夜《しょや》の間で、紫曄は残り香をまとう薄い布地を摘まみ上げ、ぼそりと呟いた。

◆◆◆

白い間から飛び出した凛花は、鼻をクンと利かせ薬草園の場所に当たりを付ける。

（あっちだ……！）

薬草園はここから正反対の奥。建物をぐるりと回ると時間が掛かるし衛士《えじ》の目に触れる可能性もある。だが虎の凛花は大回りする必要はない。屋根や張り出した露台《ろだい》を跳んで行けばいい。

静まり返った神月殿に、白い影がひらりと舞った。細い月の淡い光と、それを包む薄い雲が、白虎の姿を上手く隠してくれた。

（着いた！　薬草園だ。雲が増えてきたから早めに見て回らなきゃ）

屋根の上から眺めても、手入れの行き届いた美しい畑だ。

ととん、と塀へ降りてトトトッと歩く。虎の鼻では少し強く感じるが薬草の香りもいい。ただ、色までは分からないし、手に取ることもできない。日のあるうちに来れなかったのが残念だと、薄暗い月明かりの下で凛花は「がぁぅ」と悔しげな小声を漏らした。

（さて、明明が言っていた天星花《てんせいか》の生垣は……）

ぐるりと見回すと、目よりも先に鼻が気が付いた。あの奥のほう、ぼんやり白が連なっている辺りから嗅いだことのある『気になる香り』がした。

（あっちだ）

凛花は塀の上をタタタッと走り、更に高い塀へと飛び移る。奥の薬草園は、人が背伸びをしても覗くことはできない高さの塀で囲まれていた。

薬草園と知っていれば、どうしてこんなに高い塀が？　と少し気になった。だが神月殿という場所柄、特別に神聖な場所なのかもしれないと、不思議に思ったとしても不審には思われにくい。

（だけど薬草園と知っていたらちょっと不自然よね。隠し薬草畑か……）

風通しや陽当たりを考えたら、こんな塀は不必要。何かを隠したいのだとしか思えない。もしや貴重な薬草を栽培しているのか？

凛花は塀の上を歩き見回る。と、気になるものを発見した。祠《ほこら》だ。

（あれ……小花園《しょうかえん》にも祠《ほこら》みたいなものがあったっけ。祠《ほこら》くらいあってもおかしくないけど、隠された場所にわざわざ？）

小花園《しょうかえん》のものは崩れていたけど、雰囲気は似ている気がする。雲蛍州の薬草畑にも、薬神を祀《まつ》った祠《ほこら》はよくあった。中には月の女神や、その従者の兎を祀《まつ》ったものなどもあり、祠《ほこら》の形は様々。

（小花園《しょうかえん》の祠《ほこら》と似てる感じがするのは、皇都《こうと》だからかな）

あの小花園《しょうかえん》は昔の望月妃が作ったものだ。後宮で一番位の高い妃が祠《ほこら》を置きたいと言ったなら、きっと国一番の月官《げっかん》がお役目を任されたはず。似た祠《ほこら》でも不思議ではない。

凛花は一応人影がないか周囲に注意して、とーん、と塀から薬草園へ降りた。

（ここ、気になるなぁ。あの『気になる匂い』がするし、他にも知らない匂いがしている。それに、畑としてなんだかちょっと……？）

いくつかの区画に分けられた畑は小ぢんまりとしていて、凛花には畑というよりも愛でるための花壇、もしくは見本として飾られた標本のように見える。

区画別に生えている薬草を見て回ると、見慣れぬもの、心当たりはあるが、暗がりのため断言できないものとがあった。

（あ、これは百薬草《ひゃくやくそう》？）

凛花は顔を近付け匂いを嗅いでみる。

明明が言っていた色の違いが分からないかと、葉の裏側を見てみるがよく分からない。今は夜で虎の目と手だ。観察には向かない。だが、あちらにあるのは骨芙蓉《こつふよう》に見えるし、あれは媚薬《びやく》にも美容液にもなる霧百合《きりゆり》に見える。

（小花園《しょうかえん》にもあった珍しい薬草が……。皇都《こうと》の気候では生育できないはずなのに、どういうこと？　……やっぱり、ここはどこか奇妙だ）

そう思った刹那、風がフワッと凛花の背中を逆立てた。

風はさわさわ、さわさわ、と葉を揺らし、鈴なりの蕾同士がぶつかりざわざわと音色が重る。風の中、凛花は入り乱れた匂いに取り囲まれた。

（なんだろう。妙な気配というか……？　薬草畑では聞かないような音が……、ん？　池？）

目線の先。薬草が生えていない地面の一角に、ゆらゆら、ちらちらと淡い光が揺れていることに気が付いた。

そして耳に届いた違和感の正体が、ざわざわと水が波立つ音と理解する。

（池なんて、薬草園には珍しい。溜池にしては小さすぎるし、魚でも飼ってるのかな……？）

近付いて見てみるが、波立つ水面《みなも》が月に照らされた薄い雲を映しているだけで、特に変わったものは見当たらない。

「がうう？」

なんだか、やっぱり奇妙な畑だ。

（でも、確かに碧さまの研究室で嗅いだ、あの気になる匂いと似た香りはしている。きっと、この中にあの硝子瓶《がらすびん》の中身の材料となる薬草があるはず……！）

見つけたい。探したい。

だけどあの硝子瓶《がらすびん》の中身の調合は、碧に見せられた書物の中だけにある。あの本をもう一度見ることができたら。あの本を写すことができたら――

「にゃっ」

（そうだ！　写し、写本だ！　もしかしたら大書庫にあるんじゃない……⁉）

そうだ、そうだ！　と、凜花は尻尾を立ててとっとこ跳ねる。これまでは神仙や獣《じゅう》化《か》神話を中心に調べてきた。『虎化を治す方法』の手掛かりを探していたが、『虎化を治す薬』は探していなかった。

（伝説の薬草、薬……。骨芙蓉《こつふよう》について老師に意見を求めた時にそんな話をした。あの時の、あの本……）

――本能に働き掛ける植物か。

凜花は調べてみたいと言った、あの本の、あの頁《ページ》を思い出す。

そこに描かれていた植物は、『本能』に働きかけるとされている薬草や毒草ばかりだった。後宮と縁が深そうな、生殖に関連する効果を発揮するもの。

あの時見つけた、虎化を制御できるかもしれないという希望。その方向性は多分間違っていない。凜花はそう思う。

（だって……研究室で倒れた時のあの感じ、あれは貧血なんかじゃなかった）

視界が霞んで体が熱くなり、息が上がって手足に力が入らなかった。あの感じを凜花は知っている。

あれは、媚薬《びやく》と似ていた。

（私の虎の『本能』が刺激された可能性がある）

この体質を治せなくても、せめて虎化の影響を、虎の本能を抑えられたら……！

凛花は抱えた悩みと紫曄の顔を思い浮かべ、そして、あっ、と気が付いた。

（いけない！　もうそろそろ戻らないと、虎化が解けちゃう……！）

心細い月の夜は虎でいられる時間が短い。それに今夜は雲も多く、月の光がとても弱い。

凛花は慌てて塀に飛び乗り駆け出し——ピクン！　と耳を立て歩を止めた。

姿勢を低くし塀にぺたりと体を伏せて、暗闇の一点に耳と視線を向けた。光る金色の目が見えた気がしたのだが……。

（いない。猫か、鼬《いたち》かな）

人でないなら構わないが、一瞬で姿を消した猫か鼬《いたち》には悪いことをした。

（こんなとこにいるはずのない虎がいたら、そりゃ驚くわよね）

凛花は心の中でごめんねと呟き、塀から屋根へと飛び、来た道を戻っていった。

◆◆◆

凛花が去った薬草園には、その後ろ姿を見送る瞳があった。

塀の裏側に張り付き、息を殺していた琥珀――碧のもとに顔を出していた、褐色《かっしょく》の肌をした男だ。彼は全身黒ずくめの姿で、そこにいた。

白虎を見つめる金色の瞳は、恐怖とは違う輝きをたたえ、キラキラと煌めいていた。

第三章　月の光と虎猫姫の小花園《しょうかえん》

凛花が神月殿詣《しんげつでんもうで》から戻った朔月宮では、ほんの少しの変化があった。

それは主《あるじ》である凛花の装いだ。

銀の髪を結う深紫色の髪紐。

その色は皇帝・紫曄だけに許された色で、それを身につけているということは――

『いよいよ望月妃さまにおなりになるのかしら』

『ちょうど星祭ですものね！　お支度にも力が入るわあ！』

『祈念舞《きねんまい》も祝詞《のりと》の奏上も朔月妃さまでしょうね。〝髪紐の寵姫《ちょうき》〟ですもの！』

『『お仕えする方が大役を担われるなんて、わたくしたちは幸運だわ！』』

そんな期待に満ちた女官たちの声が凛花の耳にも届いていた。

◆◆◆

「ねえ麗麗？　やっぱりこの髪紐……主上にお会いする時だけにしない？」

「いいえ！　主上から頂いたにもかかわらず、しまいっぱなしだった凛花さまが使ってみたいとおっしゃったんです！　毎日使いましょう！」

麗麗は笑みと共にぐっと拳を握りしめ言う。

今日の凛花の髪型は、長い髪は背中に流し、上部横から細い編み込みをいくつか作っている。それを蝶々結びのようにして束ねているのが、紫曄の紫の髪紐だ。

これは凛花と紫曄が出会った最初の夜に、虎猫の凛花に贈られた『首輪』だ。どこかの宮の飼い猫が迷ったのだろうと思った紫曄が、一時保護してやろうと、皇帝だけに許される色の紐を結んでやったのだ。

そんな由来の髪紐だが、凛花は歩く度に美しい玉管《ビーズ》が揺れるこの紐を気に入っている。

しかし、この髪紐は思っていた以上に様々な意味を持っていたようで、今の凛花には少し重たい品だ。

（望月妃とか髪紐の寵姫《ちょうき》とか、そんなつもりで使い始めたわけじゃないんだけどなぁ）

凛花はシャラリと鳴った玉管《ビーズ》の音に、つい先日手にした『白銀の髪紐』のことを思い浮かべた。

◆

神月殿に泊まった翌日、凛花は紫曄に連れられ天満《てんまん》の街を初めて歩いた。

月妃《げっぴ》としてのお役目ではなく、お忍びでだ。ちょっと裕福な男女風の衣装をまとい、凛花の目立つ銀の髪は覆布《ヴェール》で隠した。紫曄も皇族の証である紫の瞳に気付かれぬよう俯き加減で歩く。

護衛兼お目付け役の、晴嵐と麗麗から許された時間はほんの四半刻。

だが、後宮から眺めることしかできなかった街歩きだ！　と、凛花は思わぬ贈り物に心を躍らせた。

星祭を控えた街はいつにも増して華やぎ賑やかだ。

店先に立つ看板娘や使いに走る小僧の頭上には、まだ蕾の天星花《てんせいか》が掛けられ、連なる軒を飾っている。通りでは派手な衣装の芸人が歌い、物売りの掛け声も聞こえている。食べ物の屋台は繁盛しているし、変わった色形の天星花《てんせいか》を売る店には一番の人だかりができていた。

「すごい人ですね、主……」

「待て、凛花。街でその呼び方は相応しくない」

紫曄が唇の前に指をかざし凛花の言葉を止めた。確かにそうだ。今日はお忍び、呼び名くらい変えなくては忍べない。

「あー……では……何とお呼びしましょう？　えっと……ご主人様？」

「名前で呼べばいいだろうが」

「……紫曄さま？」

「ああ。それでいい」

目を細めた紫曄が耳をじわりと赤くして、凛花もつられたのか胸の奥がそわっとしてしまう。

自分が名前を呼んだのが嬉しかったりするのか？　と、凛花は思わぬこそばゆさに胸を鳴らした。

出店で買った天星花《てんせいか》型の飴を食べ店先を冷やかしているうちに、時間はあっという間に過ぎる。そろそろ四半刻が経つ頃だ。通りの陰には迎えの車がもう見えている。

そんな時、凛花の目に店先に並べられた組紐が目に入った。

独特な光沢を持ったそれは、雲蛍州の一地方で作られている希少な絹糸を組んだものに違いない。

星祭に向けた品らしく、白い絹糸の間には宝石の玉管《ビーズ》が編み込まれている。なかなかの値段が付いており、凛花は故郷の職人たちを思って誇らしい気持ちになった。

「凛花。それが気に入ったのか？」

「あ、いえ。雲蛍州《うち》のものだなと思いまして。大量には作れず高価なので州内でもあまり見かけないのですが……さすが皇都《こうと》ですね。とてもよい品です」

「そういえばお前、あの髪紐はどうした？」

「……髪紐？　ですか？」

なんだったかと、凛花は首を傾げかけ……ハッと思い至った。

紫曄の口から『髪紐』と言われたなら、それは初めて顔を合わせたあの夜、首輪代わりに巻かれた紫曄の髪紐のことだ。

「た、大切にしまってあります！」

「お前、忘れていたな？」

「いえいえ、まさか。失くしたら大変ですから、宝石箱に入れてしっかり管理しております……！」

「なるほど。すっかり存在を忘れるくらい身につける気がないとよく分かった」

紫曄は呆れと苛立ち、それに寂しげな色を含んだ溜息を吐く。

（これは……とっても申し訳ない……！）

それにさすがに失礼だった！　と、凛花は自身の失態を思った。

あの髪紐を首に付けられた直後は、皇帝だけの紫色を身につけるなんて有り得ない！　そう思っていたのだ。あの時点では仕方がない。だが――

「あの、紫曄さま……？　その……よろしかったら私の故郷のものを、あの髪紐のお返しとして受け取っていただけませんか？」

返礼もしていなかったのだ。申し訳ないにも程がある。

凛花は控えていた麗麗に代金を支払ってもらうと、白銀の組紐を紫曄の手首に巻いてやった。紫曄には髪を結っている紐と替えろと言われたが、凛花では手が届かないので妥協案だ。

「お前の髪のような美しい白銀色だな……」

手首を陽にかざし、紫曄は微笑んで言う。

「ふふ。紫曄さま？　月が明るい夜に、ぜひ月光にかざしてみてください。きっと、もっと美しく輝きますよ」

「月光に？　では、毎日つけておくようにしよう。お前もあの髪紐、使えよ？」

いいな？　と念を押されてしまったため、凜花は「分かりました！」と頷くしかなかった。

◆

そして――現在に至る。

「星祭も近いですし、凜花様のお立場をしっかり見せておくのはよいことです」

「麗麗。別にそういうつもりじゃなかったのよ？　ただ、頂いたものをしまい込んでおくのも失礼でしょう？　だから、それだけよ」

（でも主上も、あの髪紐を本当に毎日使ってるのかなあ……？）

星祭絡みで忙しいのは、凜花だけでなく紫曄も同じ。

神月殿から戻って数日。朔月宮への紫曄の訪れはまだなく、凜花は紫の髪紐をまだ見せていないし、凜花が贈った白銀を紫曄が使っているところも見ていなかった。

「星祭かぁ……」

凜花は薄い衣に上衣《うわぎ》を羽織っただけの姿で呟いた。

夏用に仕立てた衣装の合わせが終わり、次は星祭用の衣装候補の確認だ。準備を待つ間、凜花は一人お茶で休憩中……なのだが、手元には書類の束が積まれている。

「さて。少しでも片付けちゃわないと」

凛花は筆を取り、一つ一つ書類を片付けていく。

朔月宮の女官、宮女の新しい衣装の手配、星祭へ出席する女官の衣装について、奉納する刺繍《ししゅう》や書、星祭の前夜祭から当日に振る舞う料理、その材料についての吟味《ぎんみ》と許可。それから、しばらく顔を出せない小花園《しょうかえん》の仕事の割り振りなどもある。

ほとんどが星祭に関連した書類だ。

それぞれの部署の責任者が作ったものへ許可を出す。それが凛花の仕事だが、全てを了承しては予算が足りなくなってしまう。

「この小さな自分の宮くらい、私が責任もって回さなきゃ」

他の宮ではきっと、月妃《げっぴ》が先頭に立って準備を進めてはいないだろう。

だが朔月宮は別だ。未だ十分とは言えない人員しかいないので、雲蛍州で薬草園の運営をし、采配することに慣れていた凛花が取りまとめ役を買って出たのだ。

――星祭は初めての夏満月《なつまんげつ》の夜に行われる。

夏満月《なつまんげつ》とは、一の月から春夏秋冬を四つに分けた季節のうち、夏季にあたる七の月の最初の満月をいう。

星祭は女人が主役の祭りだ。女たちはその日に向けて、奉納するための刺繍《ししゅう》をしたり、衣装を新調したりと忙しい。

（雲蛍州ではここまでじゃなかったけど……）

春から夏の薬草畑はとにかく忙しい。収穫もあるが、雑草が伸びるのも速いので手入れにも時間を取られる。

（懐かしい……。去年の今頃は、除草の助っ人に山羊を連れて伯母さまのところに行ったっけ）

ああ、草の匂いが恋しい……！

「は……っ、と」

溜息を吐きかけて、凛花は口を手で押さえ飲み込んだ。

いけない、いけない。朔月妃である自分が溜息を吐く姿を見せては、忙しく動き回っている朔月宮の皆に申し訳ない。

（しばらく小花園《しょうかえん》にも書庫にも行けないけど我慢だ！）

麗麗は筆頭侍女《じじょ》として、朔月妃の初めての星祭を成功させるために頑張っている。

凛花を連れて小花園《しょうかえん》や書庫へ行く時間が取れないのは仕方がない。凛花は護衛もでき、土を嫌がらない麗麗が一緒でなくては行きたい場所へも行けないのだ。

（月妃《げっぴ》は窮屈なこともあるけど私も頑張らなくちゃ！　月妃《げっぴ》だからこそ、虎化の解決方法の希望が見えてきたんだもの。無事に星祭を終えたら書庫で調べものをして、小《しょう》花園《かえん》の開拓もしてやる……！）

よし！　と頷くと、髪紐についた玉管《ビーズ》がシャラリと音を奏でた。

「それにしても、星祭の衣装ねぇ」

どうしたものか。

候補はあるらしいが、決め手に欠けているらしい。その上、針子の数が少なく新人ばかりで心許ないとか。最下位の妃だし人事は宦官《かんがん》がするもの。あまりいい人材を回してもらえないのは仕方がない。

（それにお役目もどうなるのか……）

皆は寵姫《ちょうき》である凛花が、祈念舞《きねんまい》と祝詞《のりと》の奏上をすると言っている。だが紫曄からは何の指示もないし、序列では弦月妃が凛花よりも上位だ。

（でも寵姫《ちょうき》としては主上の面子《めんつ》を潰すような格好はしちゃいけないし……）

「序列も守って朔月妃の白藍色《しらあいいろ》を使いつつ、寵姫《ちょうき》として恥ずかしくない衣装……」

難しいな。凛花は弦月妃と張り合うつもりはないが、明らかに負けるのもよくない。

『あら、少し目立ってしまったかしら……？』くらいのさりげなく素敵な衣装がいいのだ。勝ちも負けも、あからさまではいけない。

難題だな、と凛花はお茶を飲む。

考え込んでいると、廊下を歩く大きな歩幅の足音が聞こえてきた。これは嬉しい時の麗麗の足音だ。凛花はぷぷっと笑い、バーン！　と開くだろう扉を待つ。

「凛花さま、雲蛍州侯様から贈り物が届きました！」

「えっ、お父様から？」

「はい！　なんだか沢山ございますよ！　それから文も何通か！」

さあ、見てください！　読んでください！　と、麗麗は凛花よりも嬉しそうな顔で言い、肩に担いだ大荷物を広げた。

「本当に沢山あるのね。何を送ってくれたのかしら？」

贈り物の目録にざっと目を通すと、布地や衣装、お茶、薬草の種、薬、乾燥させた薬草の束、蜂蜜、菫《すみれ》や加密列《かみつれ》など花の砂糖漬け。刺繍《ししゅう》見本や糸も沢山あるようだ。

「ふふ！　雲蛍州《うち》らしい贈り物ね！　刺繍《ししゅう》糸は……皇都《こうと》の星祭について聞いたのかな」

朔月妃としての面目を立てるため、上質なものを贈ってくれたようだ。

だが、申し訳ないが、凛花は刺繍《ししゅう》を奉納する気はない。上達しなくてもいいので、他のことに時間を使いたいと思っているからだ。奉納するならまだ書のほうがいい。

父からの文には、皇帝から直々に入宮の際の手違いを詫びた文が届いたこと、寵姫《ちょうき》の噂、小花園《しょうかえん》で月妃《げっぴ》が起こした騒動の噂についてなどが書かれていた。それから心配の言葉とお小言もだ。

「お父様ったら、端っこの田舎とはいえさすが州侯ね……」

遠く離れているというのによく知っている。

『くれぐれも慎重に』『目立たぬよう自重するように』の言葉は、『くれぐれも虎化を知られることのないよう、大人しくしているように！』と言っているのだろう。

もう皇帝に知られているし、騒動も起こしてしまったとは言えないので、『承知しております』と返事をしておこうと思う。

次いで母からの文を開いた。宮の仕切り方など、女主人としての経験から出た言葉が参考になる。世話していた薬草園の状況も知らせてくれて嬉しい。

母親は畑仕事そのものは好まないものの、花が好きな人だ。あの砂糖漬けは母の工房の新作らしく、侍女《じじょ》たちに配って感想をよこすようにと書いてあった。

新しい物に飢えている侍女《じじょ》たちだから、きっとこの贈り物を喜んでくれるだろう。

それに後宮の侍女《じじょ》たちのお眼鏡にかなうなら、それは一流品ということ。

さすが州侯夫人だ。娘の立場も利用し無駄がない。

「来年の星祭には、お父様たちをご招待できたらいいな」

もしくは秋の月祭《つきまつり》だ。招待する許可がもらえるよう、早めに願い出てみよう。

そして、最後の一通は伯母からの文だった。急いで書いたのか、とてもあっさりとした文だ。

『とっておきの輝青絹《きせいけん》をお送りいたします。星祭は月妃《げっぴ》の晴れ舞台と聞きました。よろしかったら使ってくださいね』

凛花は「あっ」と顔を上げ、シャランと玉管《ビーズ》を鳴らした。

「麗麗！　これ、伯母さまから届いた絹を星祭の衣装に使いましょう！」

凛花は輝く絹地を手に取り言った。

輝青絹《きせいけん》の名の通り、冴えた月のように青白く輝く絹だ。新人が刺繍《ししゅう》を刺しても十分映える。

「素晴らしい手触りの絹地ですね。ですが、絹は主上からいただいたものもございますが……」

「いいえ。この絹でなくては駄目。実はこれ、主上に差し上げた髪紐と同じ絹なのよ？」

紫曄は『毎日使う』と言っていた。そう言うなら、星祭の日にもきっとつけるはず。逆を言えば凛花も、星祭で紫色の髪紐をつけろということだが。

「なるほど。では、そちらのほうが主上がお喜びになりますね！」

「それに、朔月妃が星祭で身につけるなら、これ以上最適なものはないはずよ」

麗麗は届いた絹地に付けられた『雲蛍州・輝青絹《きせいけん》特級』の帯に気付き、「ああ」と頷く。

「雲蛍州産の絹なのですね。輝青絹《きせいけん》とはあまり聞きませんが……特別なものなのでしょうか？」

「ええ。希少な絹なの。虞家《ぐけ》でも特別な衣装にしか使っていないもので、外向けに生産を始めたのは最近のことなの」

先日のお忍びで見つけたあの組紐も、凛花が後宮に入るのに合わせて、試しに出荷した極少ないものの一つだ。

皇都《こうと》であっても、きっとまだ輝青絹《きせいけん》の本当の魅力は知られていない。

何故ならば、知られていたとしたら、この時期の後宮が放っておくはずがないのだ。

なのに凛花に入手を頼む声は一つも届いていない。

輝青絹《きせいけん》の本当の魅力を知っているのは未だ虞家《ぐけ》のみ。この月華宮、皇都天満《こうとてんまん》では凛花だけが知っているということだ。

（星祭でこれを着て、伯母さまの輝青絹《きせいけん》を知らしめ雲蛍州ごと評判を上げよう……！）

少々目立ちすぎるかもしれないが雲蛍州のため。そして自分のためだ。

出身地の名が上がれば、朔月妃のまま寵姫《ちょうき》と呼ばれている凛花の身を守ることに繋がる。それは麗麗や明明、朔月宮の皆を守る盾にもなる。

（明明が攫われた今回のことは、きっと後ろに弦月妃さまがいる）

そもそも突然、植栽図《しょくさいず》を譲ってきたことからして怪しいのだ。明明を攫う口実作りをしたのはきっと、弦月妃と宦官《かんがん》である彼女の祖父だ。

そして実行したのは、神託《しんたく》の妃が気に入らない副神月殿長《ふくしんげつでんちょう》。

しかし今回も、弦月妃が関与した証拠はない。

だから罰はおろか、抗議も嫌味すら言えていない。弦月妃として力を持つ彼女に対抗するためには、凛花も朔月妃として自らの力を高める必要があるのだ。

「怖い思いをさせた明明に申し訳ないし、朔月妃として一矢報いるくらいはしなくちゃね」

それに、凛花の中の虎もうずうずしている。

凛花がこうして冷静に対処できるのも、案外もう一人の自分である虎のおかげかとも思う。

「月妃《げっぴ》らしく、面子《めんつ》で勝負といきましょう」

これで懸案事項が一つ減った！　と、凛花は少し軽い気持ちで、冴えざえと輝く絹地を撫でた。

◆◆◆

重い幕布を上げ、窓を開けた『双嵐房《そうらんぼう》』に、心地よい初夏の青い風が吹き込む。

雪嵐が窓から中庭を見下ろすと、しばらくここに籠っていた紫曄が、晴嵐と気分転換の手合わせをしている姿が見えた。子供のようにはしゃぐ姿はなんだか懐かしい光景だ。

「まったく。二人とも元気ですね」

一人ここに残った雪嵐は苦笑し、牀《しんだい》に寝そべった。

片眼鏡を外し襟元も緩め、靴まで脱ぎだらっとした姿は、普段きっちりとしている雪嵐には珍しい。不機嫌というか苛立っているというか、うんざりという顔だ。

ひと息入れようと、香りの良いお茶を淹れたところに、面倒極まりない書状が届いたせいだ。

「面倒くさい……」

雪嵐は横になったまま、手にしていた。

花の香りをまとった雅やかなその書状は、雪嵐に届く書類の中でひどく浮いていた。

差出人は宦官《かんがん》の長の董《とう》。弦月妃の祖父であり、後ろ立てでもある古狸。内容は、星祭での祈念舞《きねんまい》と祝詞《のりと》の奏上についてのご意見だ。

後宮らしい美辞麗句で装飾されているが、要約すれば『朔月妃は祈念舞《きねんまい》と祝詞《のりと》の奏上に相応しくない。慣例通り最上位の妃である弦月妃にするべき』と書いてある。

「なにが慣例通りなのか。それを言うなら、皇后に一番近い寵姫《朔月妃さま》が相応しいでしょうに」

次に、小花園《しょうかえん》にて禁忌《きんき》である薬草、毒草が栽培されていたことへの苦言が書かれていた。

小花園《しょうかえん》の管理者は朔月妃・凛花だ。植栽図《しょくさいず》を贈ったというのに、知りながら放置していたのは罪、落ち度であると。『最下位の妃であり、更に落ち度がある妃など星祭には相応しくない』そう言っているのだ。

「小花園《しょうかえん》か……」

植栽図《しょくさいず》を譲られた経緯は麗麗から聞いているが、このための仕込みだったのかと頷かざるを得ない。

雪嵐はごろんと寝返りをうち、心底面倒くさそうに柔らかな座面に顔を押し付け、溜息を染み込ませ思う。

――ああ。紫曄ではないが抱き枕がほしくなる気持ちが分かる。と。

「はぁ。馬鹿なことをしている暇はありませんね」

呟き窓際へ向かう。そして下をのぞむと、二人の手合わせも一段落が付き、護衛の衛士《えじ》たちと弓で的当てに興じているところだった。

「晴嵐！　ちょっとこの書状を射てくれませんか」

雪嵐はふわりと香る書状を手で掲げそう言った。

「構わねぇけど……なんだそれ？」

「後宮の狸からの――」

「よし、射ろう」

言うや否や、晴嵐が放った矢は書状を正確に射貫き、破け散った。

「ああ、これは気分がいい。さて。では主上、晴嵐。朔月宮へ行きますよ」

二人にそう告げ緩めていた衣装を整えると、雪嵐は出しっぱなしにしていた橘《たちばな》の香りがついたお茶の葉を手に取った。

「麗麗に淹れてもらいましょう。彼女が淹れるお茶は美味しいですからね」

そう言い頬をほころばせた。

◆◆◆

「――というわけで、星祭での祈念舞《きねんまい》の舞手を譲っていただけませんか」

雪嵐は、朔月宮の庭で凛花にそう願い出た。

凛花は雪嵐の申し出に目を瞬き、麗麗は目を剥いている。麗麗のあれは怒っている顔だな……と、この庭で何度もお茶を楽しんでいる紫曄と双子はそう思った。

妃を支える侍女《じじょ》が怒りを覚えるのは当然だ。

祈念舞《きねんまい》は星祭で、最も華やかで人気のある演目だ。それに比べて祝詞《のりと》の奏上は、星祭を締めくくる大切な役目ではあるが、儀式としての性格が強く地味。

「朔月妃さま。格で言えば祝詞《のりと》の奏上のほうが上です。どうか――」

あの書状には『祈念舞《きねんまい》と祝詞《のりと》の奏上』と、星祭の花形である両方を弦月妃に……と書いてあったが、どんなケチが付いていようとも、皇帝の寵姫《ちょうき》を舞台に上げないわけがない。

だから実質、朔月妃にひとつ我慢させろとそう言っているのだ。

しかし……と、雪嵐は凛花の様子を窺う。

いくら月妃《げっぴ》らしくなく、権力に興味がなさそうな凛花であっても矜持《きょうじ》はある。面子《めんつ》を潰すこのような申し出を許容しろというのは難しいだろうが――

「はい。構いません！　どうぞ弦月妃さまを舞手にご指名ください」

凛花はにんまりの笑顔で頷いた。

「は……？」

「ええ」

「り、凛花さま！」

「本当にいいのか？　凛花」

予想外の返答に雪嵐は驚き、晴嵐はそのあっさりとした返事に引いて、麗麗は『凛花さまの舞を見れないなんて！』と残念な気持ちが悲鳴になった。紫曄は凛花の眩しい笑顔に、もしかして無理をしているのではないか？　と、眉を寄せる。

「はい。事情は分かりましたし、董宦官《かんがん》の言うことも道理です。それに慣例とは聞いていましたが舞の練習などしておりませんし、こんなこと……おっと、失礼。舞手を譲ることが、小花園《しょうかえん》での失態の償いになるなら私は大歓迎です！」

凛花は再びにっこりと微笑み、しかし一つだけ願いがあると言葉を続けた。

「以後、小花園《しょうかえん》へは、私の許可なく立ち入ることを禁じたく存じます」

表情を引き締めそう言った。

小花園《しょうかえん》で危険な薬草が野放しになっていたのも、明明の連れ去りも、その前の宦《かん》官《がん》と月官《げっかん》の視察も、植栽図《しょくさいず》の譲渡も。一連のことは星祭のため、そして凛花にその責を負わせ、あわよくば後宮から追い出そうとしたのだと察せられる。

もうこんなことが起きないよう、小花園《しょうかえん》は朔月妃・凛花のものだという皇帝からの確かな言葉がほしい。

それに――

(小花園《しょうかえん》にはまだ何かありそうだもの)

凛花は天星花《てんせいか》の生垣の後ろに隠されている、朽ちた祠《ほこら》が見えたあの場所が気になっていた。もしとんでもない物が隠されていて、また弦月宮にそれを利用されては堪らない。

「主上。寵姫《ちょうき》の我儘《わがまま》で構いません。小花園《しょうかえん》を私に頂けませんでしょうか」

「……許す。小花園《しょうかえん》は朔月妃のものだと後宮に伝えよう」

紫曄は何故かほんのり耳を赤くして、小声でそう言った。

何かおかしなことを言ってしまったか？　と、凛花は麗麗を仰ぎ見るが、麗麗も首を傾げ双子に視線を向ける。だが雪嵐も晴嵐も同じく首を傾げ、その視線は紫曄に送られた。

「いや、凛花が……その、自分で『寵姫《ちょうき》の我儘《わがまま》』などと言って何かをねだるのは初めてだと……」

「えっ……。いえ、そうですけど……これは言葉のあやというか……！」

おねだりと予想外のことを言われ、凛花もつられて頬を赤くした。みぞおちの辺りがじくじく、むずむずと疼いて、落ち着かない凛花はうつむき加減でそっと茶を飲んだ。

「なんなのでしょう、このお二人」

「拗らせすぎじゃねぇ？　紫曄」

「凛花さま、もっとおねだりなさっていいのですよ！」

雪嵐、晴嵐、麗麗。三人三様に好きなことを言っている。特に麗麗は、『寵姫《ちょうき》の我儘《わがまま》ほど愛らしいものはございません！　それと私にも、もっと我儘《わがまま》を言ってくださいませ！』などと主に迫り、盛大に拗らせた侍女心《じじょ》を見せていた。

そして短いお茶会は終了する。

紫曄たち三人はこれから執務の続きだと重い足取りで帰っていったが、『ここで昼寝をして行きたい……』と紫曄は最後までごねていた。

冷徹《れいてつ》との評判があった皇帝・紫曄。

少なくとも朔月宮では今、そう思っている者はいない。

◆

「しばらく主上はこちらへお越しになっておりませんもの。後ろ髪を引かれるのも理解できます」

ふふっと麗麗が笑った。

その手には雪嵐から渡された橘《たちばな》のお茶がある。次に来た時に淹れてほしいと置いていったとか。

「まあ、そうね」

神月殿から戻って以降、紫曄はまだ夜に朔月宮を訪れていない。

星祭前は各地方から有力者が集まる。皇帝の謁見《えっけん》や酒宴《しゅえん》も多い。それに、開かれたばかりの後宮の存在が、余計に人を集めているのだ。

（本来、月妃《げっぴ》は皇后・望月妃を含め九人。でも今の後宮に月妃《げっぴ》は四人しかいない。……月妃《げっぴ》の打診目的での来訪が多いわけだわ）

しかも皆、月妃《げっぴ》候補の娘を推薦できるほどの人物だ。皇帝といえども無下にはできない。

（主上、大丈夫かなぁ……）

以前に比べれば健康そうに見えるが、体は取り繕えても心は疲弊していくものだ。

凛花はまだ月が昇らぬ空を見上げる。

（そろそろ安定して虎でいられる時期だし、朝まで抱き枕として撫でまわされてあげようかな）

人の姿で抱き合う覚悟はまだできないが、虎の抱き枕なら……と凛花は思う。

（主上は撫でるのが上手だし、あの手に愛でられることは嫌じゃないもの）

そんな本音を心の中でこっそり呟くと、じわ……と頬が熱くなり、凛花は慌てて俯いた。

「ところで凛花さま。舞手を弦月妃さまに譲ってしまって本当によろしいのですか……？」

麗麗は俯いた凛花を伺い見て、やはり花形である舞手を務めたかったのでは？　と恐る恐る訊ねた。

「ええ。構わないどころか、むしろ期待通りよ。譲るという形を取らせてもらえて助かったくらい」

その言葉にさすがの麗麗も目を丸くした。

「あ、皆の期待は分かっているのよ？　でも、ほら。朔月妃のくせに私は目立ちすぎているでしょう？　だから弦月妃さまに舞手を譲ることで、あの方の気が収まるならそれに越したことはないと思ったの」

寵姫《ちょうき》の名、それに先日の神月殿詣《しんげつでんもうで》も弦月宮を刺激したはずだ。

舞手を譲ったことで、『朔月妃には寵姫《ちょうき》の矜持《きょうじ》もない。取るに足らない妃だ』と思うなら思ってくれればいい。仲良くはできなくとも、これ以上、朔月宮の者に手出しされたくない。それが凛花の気持ちだ。

「楽しみにしてくれてたのに、ごめんなさいね、麗麗。舞で皆の安全を買えるなら安いもの……って思っちゃったのよね」

「いいえ。確かにその通りです……。私は凛花さまの華麗な舞を想像し、ああ、早く見たい……！　とそればかりで……。寵姫《ちょうき》の面子《めんつ》があるのなら、最上位である弦月妃さまの面子《めんつ》もございましたね」

そう、面子《めんつ》。それが一番の理由だ。

舞手となることで、最上位である弦月妃の面子《めんつ》と機嫌が保たれるなら、凛花としては大歓迎なのだ。

「そもそもね、麗麗。私に華麗な舞なんて無理なのよ？」

跡取り娘として必要不可欠な礼儀作法、教養は仕込まれた。だが、芸術面の習得までは凛花には無理だった。

「舞のお稽古までしてたら畑に出る時間がなくなっちゃうでしょう？　ついでにね、私に楽器も期待しちゃだめよ」

からっきしではないが、嗜み以上は学んでいない。

凛花が切り捨てた芸事は、後宮に入るような姫にとっては必須の事柄だろう。でも凛花にとっては、華麗な舞や楽器を美しく奏でることよりも、薬草の研究のほうが何倍も楽しくて重要なことだ。

「ふふふ！　凛花さまはなんでもお出来になるのかと思っておりました。ふはは！」

「……そういう麗麗はどうなの？」

武芸に励んできた彼女だ。侍女《じじょ》になることが決まり、密かに憧れていた内向きの技術を必死で習得したとは聞いているが、まさか歌舞音曲《かぶおんぎょく》まで履修しているのだろうか？

「はい！　剣舞《けんぶ》は大得意です！」

胸を張り、侍女《じじょ》の衣装で剣舞《けんぶ》の構えを見せた麗麗らしい姿に、凜花は「あはは！」と笑った。

◆

翌日。凜花は裁縫師《さいほうし》たちのもとへ赴いた。

通常は月妃《げっぴ》が訪れる場所ではない。だがその職場の様子と、顔を合わせる機会のない低位の宮女たちを、凜花は自分の目で見て確かめるべきだと思ったのだ。

朔月宮は人手不足に加え、質が及ばないと耳に挟んだからだ。

（でも……そうとは思えないのよね？）

小物や持参した衣装の手直しだけでなく、刺繍《ししゅう》を足して直したものも仕上がりは見事だった。

だが凜花は、自分の目で見ることでその評判の理由を理解した。

最下位として軽視され、不遇とされている朔月宮においても、身分による『色眼鏡待遇』があったのだ。

（信じられない……！　平民の新人ばかりが朔月宮に配属されるのはまだ理解できる。でも、現場の裁縫師《さいほうし》たちの長である女官まで、仲間であるはずの裁縫師《さいほうし》を軽視していただなんて！）

凛花はあらためて、自分が月華宮では異質なのだと思い知った。

故郷での畑仕事や薬草の研究は、いつでも平民と一緒だ。州侯の娘がそこに混じることが許されたのも、民たちに受け入れられたのも小さな田舎州だったから。身分に隔たりなく協力しなければ、州侯も薬草を育てる平民も暮らしていくのが厳しかったからだ。

（後宮の端の小さなこの宮だって同じなのに……！）

「皆、顔を上げて。楽にしてちょうだい」

裁縫師《さいほうし》たちはそろりと顔を上げた。自分の主だが、噂で聞くだけだった皇帝の寵姫《ちょうき》を目の前にして固まる者、美しい銀の髪や白い肌に目を奪われる者、様子は様々だ。

そんな裁縫師《さいほうし》たちを見回し、凛花は口を開いた。

「いつも美しく素晴らしい衣装をありがとう。本日は星祭の衣装についてお願いがあったのですが……その前に、皆に伝えておきますね。私は真面目に働く者が好きよ。それから能力があれば、身分の隔たりなく取り立てます」

その言葉に、裁縫師《さいほうし》たちは一斉に凛花を見つめた。

凛花はにっこりと微笑み、よしよし！　と心の中で頷く。

（欲しいのはやる気だ。これできっと能力以上の力を発揮してくれるはず！）

ここにいる彼女たちは、後宮では新人の下っ端でも、街では『後宮の裁縫師《さいほうし》』として引っ張りだこの人材だ。身分は低くとも、腕に覚えのある者ばかり。

しかもその様々な出自もいい。布地を扱う大店《おおだな》の娘、老舗《しにせ》妓楼《ぎろう》の専属針子、貴族や豪商家が代作を依頼する『ご令嬢の刺繍《ししゅう》』の製作者、有名工房のお針子など。

麗麗の調査によれば、皆身分が低いだけで優秀な裁縫師《さいほうし》だ。

こんな宝の山はない。

「ここの取りまとめ役はどなた？」

手を上げたのは、先日の採寸に同行していた者だった。

「あなた方にこの輝青絹《きせいけん》を預けます。これで星祭の衣装を作ってほしいの」

「わ……ぁ！　すてき……」

手にした絹地をじっと観察するその目は爛々と輝いている。生地に見惚れているだけではない。その瞳には野心の炎が灯っている。

この様子なら任せられる。凛花はそう確信して、彼女に覚書きを手渡し「ここには輝青絹《きせいけん》の秘密が書かれています。あなたと、あなたが右腕とする他一名だけで見なさい」と耳打ちした。

「お任せくださいませ、朔月妃さま！」

訪問した時とはまるで違う、晴れ晴れとした顔の裁縫師《さいほうし》たちに微笑み頷いて、凛花はその場を後にした。

◆

「さて。次は書庫ね！　老師はいらっしゃるかしら」

「どうでしょう。あの方もこの時期は来客が多くお忙しいと聞いております」

最大の勝負所である衣装の手配が済んだら、次は凛花の面子《めんつ》が掛かる祝詞《のりと》だ。

祝詞《のりと》には定型文があり、代々同じものが奏上されている。だが、それを厳選した紙に美しく書き写すのは、奏上する月妃《げっぴ》の仕事。

祝詞《のりと》はその最後に星河《せいが》に向けてお焚き上げされるものだが、書庫にはその写しが保管されているのだ。

（奏上前に、主上と神月殿のお偉いさんが見るって聞いたけど……出来映えは月華宮中に広まるんだろうなぁ）

まあ、不得意な舞を披露するよりはましだ。文字なら故郷での書類仕事で沢山書いている。流麗《りゅうれい》な書とはいかなくとも、酷い出来とまでは言われないだろう。

（そうだ。紙にも伯母さまからいただいた輝青絹《きせいけん》の糸で刺繍《ししゅう》するとか、祝詞《のりと》を納める箱の紐を輝青絹《きせいけん》で作るのもいいかも）

そんなことを考えながら、凛花は久しぶりに書庫へと向かった。

「朔月妃さま！　お久しぶりでございます。お待ちしておりました！　祝詞《のりと》ですよね、ご用意しております」

書庫で迎えたのは兎杜だった。やはり老師は客人の対応で席を外しているそう。神月殿で見聞きしたことや、薬院の碧のこと、薬草園のことなど色々と話したかったが、星祭の後になりそうだ。

「兎杜も忙しいんじゃない？　あ、もしかして私の訪問のせいで書庫に留め置かれてた？」

「いいえ！　実は僕、今はちょっと時間があるんです。主上は謁見《えっけん》や会合でお忙しいので、僕は自分の勉強に集中できるんですよ」

神童と呼ばれる兎杜だが、身分は見習いの子供だ。公式の場には出せないので、大人たちが忙しいこの時期は逆に自由になれる。

(そこで遊びに行かないところが兎杜よね)

兎杜にとっては勉強が遊びのようなもの。書庫での司書の真似事は楽しいらしい。

「それじゃあ兎杜、過去の祝詞《のりと》を見せてくれる？」

「はい！」

兎杜が用意していた祝詞《のりと》の写しは、最新の四年前のものから過去十年分だった。

（そうか、三年前の代替わりで後宮は閉鎖されていたから……）

「ここ三年は、神月殿の月官《げっかん》が奏上役を担っておりましたので、その分の写しはございません。で、内容は同じですけど、紙選びなどの参考になればと、ひとまず十年分の写しをお持ちしました！」

なるほど、と凛花は麗麗と共に卓上に並べられた写しとその箱を見た。

折りたたまれている紙は色柄も様々、毎年趣向が凝らされている。箱も同様だ。

「これは用意し甲斐がありそうですね」

「そうねえ。とりあえず近年のものと被らないようにして……」

と、一番新しい写しを手に取った凛花は、書かれている祝詞《のりと》を見て驚きに目を見開いた。

（この祝詞《のりと》の文言……私、知ってる！　これ、虞家《実家》の星祭の歌と同じだ……！）

虞一族の星祭で歌われるそれを、凛花はただの祝いの歌だと思っていた。

（代々歌い継がれているものだって聞いてるけど、奏上する祝詞《のりと》を歌にしていたなんて）

「朔月妃さま？　どうかなさいましたか？　あっ、もっと古いもののほうがよかったでしょうか」

じっと紙面を見つめる凛花に、兎杜が声を掛ける。

「あ、うん。そうね。……ねえ、兎杜？　この祝詞《のりと》って、有名な祝詞《のりと》なのかしら」

「有名、ですか？」

「国中の星祭でも、この祝詞《のりと》が奏上されているの？」

「いえ、それはありません。こちらは月華宮でのみ使われるものと神月殿から聞いております。というか、星祭で祝詞《のりと》を奏上するというのは、他では聞かないように思います」

「そう」

（それじゃ、これと似たものが虞家《ぐけ》に伝わってることは言わないほうがよさそうね。祝い歌のことは機会があったらお父様に聞いてみよう……）

『余計なことは口にしないこと』

母からの文に書かれていた心得を心の中で呟き、凛花はうんと頷いた。

「朔月妃さま、お待たせしました！　麗麗が手伝ってくれたので、一番古いものもお持ちしてみました」

「ありがとう。あら？　すごい……！」

兎杜が広げて見せた最古のものは、紙ではなく布に祝詞《のりと》を刺繍《ししゅう》したものだった。金糸や銀糸で模様まで刺繍《ししゅう》されていて、とんでもない手間が掛かっているのが分かる。

「綺麗ね……」

　じっくり見ていると、文字の横に記号のような模様があることに気付き、凛花は眉をひそめた。

　生地と同じ色で、目立たぬよう棒線や波線、黒丸に二重丸、鉤などが刺繍《ししゅう》されている。

（これ……歌だ。節回《ふしまわ》しの記号だ、多分）

　教養として見せられた古い楽器の譜面に似たものがあった。

　棒線は音を伸ばす。波線は揺らして響かせる。鉤《かぎ》は息継ぎといった具合だろう。虞《ぐ》家《け》の祝い歌を頭の中でそらんじてみれば分かる。

「――そしてこちらが、近年で一番の評価を受けているものです。これを手掛けた月《げっ》妃《ぴ》さまは書画に長けた方で、色遣いが素晴らしいんですよ」

「わあ、鮮やかね！」

　兎杜の言う通り、文字も美しいがそれ以上に絵が素晴らしい。だが、この新しいものにはあの記号がない。

（きっと、月華宮の祝詞《のりと》も昔は歌だったんだ）

　凛花は祝詞《のりと》の奏上をと言われただけで、歌えとは言われていない。現在の月華宮では歌は失われてしまったのだ。この記号もその意味も……年月を経て省略されたり形が変わったりするうちに、歌まで消えてしまったのだろう。

「ふしぎ……」

元は違う国である雲蛍州と、月魄国《げっぱくこく》に伝わる祝詞《のりと》が同じだなんて。長い長い年月のうちに何があったのだろう？

「朔月妃さま、如何ですか？　参考になりそうでしょうか」

「ええ。とても興味深かったわ」

そして凛花は写しをいくつか借り、中庭で鍛錬《たんれん》をしようとしていた麗麗を捕まえ書庫を出た。

麗麗は「凛花さま。私、そろそろ暴れないと腕が鈍ってしまいそうです……」とぼやき、凛花も「私だって書庫でゆっくりしたいのよ？　小花園《しょうかえん》にだって行きたいけど……今は我慢よ。時間がないの」と返した。

兎杜はそんな二人を、微笑ましいものを見る目で見上げ、見送った。

◆

「凛花さま！　凛花さま！」

「何かあったの⁉　麗麗」

大きな足音を立て麗麗が駆け込んできた。

祝詞《のりと》の紙選びをしていた凜花は、また厄介事か！　と立ち上がり身構えたが、麗麗の顔は明るい。

「主上がお越しになるそうです！　今夜はお早めにいらっしゃるそうですよ！」

「あ、ああ。そう……よかった」

「はい！」

凜花は何事もなく「よかった」ともらしたのだが、紫曄が来ることを喜んだと思った麗麗は嬉しそうに頷く。すれ違ってはいるが、凜花は麗麗の気持ちが嬉しかったので、わざわざの訂正はしない。

（でも、主上が来るのね……。なんだか緊張する）

早々に紙選びを中断させられ、全身を磨き上げられた凜花は一人紫曄を待っていた。

窓辺にもたれ月を眺めている凜花の袖は若干透けている。どこからか天星花《てんせいか》が香るこの頃は、薄手の衣装でも寒さを感じなくなっている。

（茉莉花《まつりか》よりも優しく密やかな初夏の香り……。星祭が終わって秋の月祭《つきまつり》の準備をする頃は、金木犀や銀木犀が香っているんだろうなあ）

紫曄と夜を過ごすのは神月殿以来だ。あの夜、虎化した凜花が薬草園から帰ると紫曄は眠りに落ちていた。溜まっていた疲れに負けてしまったのだろう。

（今日も疲れてそうだけど……主上とゆっくり話ができるかな）

いい加減にはぐらかすのも限界だ。何故、人の姿で主上に触れられることを避けているのか。今夜こそ伝えなければ。

凛花はそう思い、しかしぺたりと窓辺に突っ伏した。

『皇帝の妃としてのお役目は果たせません』と伝えるのが怖い。怖い、と素直に思ってしまう。

はぁ。と燻った溜息が凛花の口から漏れ落ちた。

「後宮でこんな気持ちを知るなんて……」

凛花はまったく予想していなかったけれど、月は神託《》こうなることを知っていたのだろうか。

太くなり始めた月を見上げ、凛花はそんなことを思う。

「凛花さま、主上がいらっしゃいました！」

麗麗の声掛けが聞こえ、凛花は慌てて扉へ向かった。出迎えた紫曄は、寵姫《ちょうき》を訪ねるには少々しっかりとした格好をしていた。凛花はちょっと不思議に思ったが、月妃《げっぴ》としての挨拶を口にした。

「お待ちしており――」

「凛花、少し散歩に行かないか？」

凛花の挨拶の途中で、紫曄が悪戯っ子のような顔でそう言った。

◆

凛花は外を歩ける衣装に手早く着替えると、灯りを持った麗麗を供に、紫曄と肩を並べて朔月宮を出た。

今夜の月はまだ細いが、雲一つない晴天。星もよく見えている。

「今日はどうしたんですか？　主上」

たまに早く訪れることもあったが、そんな時は風呂に誘われたり、疲れ切っていて早々に抱き枕を所望されることが常だった。こんな風に後宮を散歩するなど初めてだ。

「たまにはな。ここのところ忙しなかったし、夜の散歩もいいかと思ってな」

「そうですね……。風も気持ちいいですし、なかなかの夜散歩日和です」

凛花はつんと鼻先を上げ、少し湿った夜風に髪をなびかせる。

まるで虎がヒゲをそよがせているような横顔に、紫曄はくすりと笑った。

小花園《しょうかえん》の手前にある御花園を抜けると、そこには紫曄が用意させたのか衛士《えじ》たちが並んでいた。

そして紫曄が一言、「頼む」と言うと、一人がピュイッと指笛を吹いた。すると続く道なりに、ぽぽっ、ぽぽぽっ、と灯りが道標のようにともっていく。

「わぁ……」

驚く凛花の鼻に届いたのは、角灯《ランタン》の油の匂い。岩の上や即席の灯篭を組んで置いているようだ。

「では、行こうか。凛花」

紫曄があらためて凛花に手を差し出した。

周囲には、灯りを点した衛士《えじ》たちが道の奥から集まりつつある。これは護衛なしで夜の散歩を楽しもうということか？

凛花はちらりと麗麗を窺い見た。

「行ってらっしゃいませ、凛花さま。小花園《しょうかえん》の中と周囲は確認済み、入口は我々がこのように固めております！」

ドン！　と愛用の得物の柄を地面に突き刺し麗麗が言う。

「ふふ！　はい、主上。それでは皆様、行って参りますね」

凛花は思わぬ贈り物に微笑み紫曄の手を取った。

この灯りは夜目が利く凛花にとって必要のないものだ。だが、分厚い硝子越しに炎が淡く照らす夜闇は美しくて、いつもの夜より煌めいて見えた。

◆

「わ、すごい……！」

小花園《しょうかえん》へ到着すると、灯りは果実のように鈴なりで周囲をぐるりと囲んでいた。

「主上、いつの間にこんなものを作ったのです？」

「神月殿から戻って、だな。灯りがあったほうが危険は少ない。それに、こうでもしないと護衛が離れてくれなかったのでな。……たまには二人で歩きたいじゃないか」

ぽそりと付け足された本音はささやかで、凜花は隣を見上げくすぐったい気分で目を細めた。

（主上ってば、きっと私が夜目が利くのを忘れてる）

紫曄の目の下には久し振りに薄いくまができている。そして凜花の目には、薄く朱色を灯らせた頬も見えていた。

最初こそ凜花の手を引いていた紫曄だったが、手入れをしていると言っても緑が茂るこの時期だ。あっという間に手を引き歩く役目は凜花のものとなる。

「こちらはまだあまり手が入っていないんです。それからほら、繁殖力が強い薬草も多くて間引かないと……」

さくさくと歩く凜花は久し振りの小花園《しょうかえん》に浮かれていた。

草の香りは心地いいし、月夜も気持ちがいい。たとえ虎に変化できなくとも、いい夜だ。

それに繋いだ手の温もりが、なんだかこそばゆくて気持ちがそわそわして落ち着かない。

耳をくすぐるのは、虫の声と草を踏む二つの足音だけだ。

（あれ？　そういえば主上は黙ったまま……）

「主上？　歩きにくかったですか？　あっ、もしかして虫が苦手でした？」

急に不安になって斜め後ろを振り向くと、紫曄は可笑しそうに口元を上げ、凛花を見下ろしていた。

「いや。確かに歩きやすくはないが気にするな。虫はよく分からん。あまり触れたことはないな」

「そうですか……？」

「ああ。お前が楽しそうにしているところを見るのは、俺も楽しい」

「そう……ですか」

そう言い、きゅっと握られた手に凛花はじわりと頬を染めた。

（本当に、主上は私を猫っ可愛がりしてくれるんだから）

もっと濃密な触れ合いをしているのに、臥室《しんしつ》以外で二人きりというのは滅多にないことで、勇猛な虎の心臓だって震えてしまう。

話したいことも、話さなければいけないことも沢山あるのに、言葉を交わすよりもただ手を繋いでいる時間が愛おしいと思ってしまう。

こんな風に大事にされるだけの寵姫《ちょうき》、最下位の朔月妃という立場は身軽で心地いい。

(でも、逃げかな。これは)

目の前の、天星花《てんせいか》の生垣が目に入り凛花はそう思った。

明明が神月殿に連れていかれる原因となった、禁止薬草があったのはそこだ。

「あの、主上。実はそこの天星花《てんせいか》の奥――」

「ああ。聞いている。この奥はまだ調査もできていないんだったな」

紫曄はきょろきょろと周囲を見回して、あらためて人払いができていることを確認する。そしてニヤリと笑って言った。

「では、脱げ。凛花」

「……は!?」

◆◆◆

しばらくして、天星花《てんせいか》の生垣の上をトーンと跳び越える白い影があった。

縞模様の長い尾がひゅるりと落ちゆく様は流れ星のよう。

「見事だな……。さて、俺も周囲を見てみるか。どこか人が入れそうな隙間があればいいが」

呟いたのは、白虎が跳んだ先を見上げていた紫曄だ。小脇に凛花の衣装を抱えている。

そもそも、二人きりのこの機会を作ったのはこの為でもあったのだ。

あの騒ぎの後、虎姿での散歩を控えている凛花に夜を満喫させてやりたかった。それに星祭の準備で忙しく、ゆっくりと過ごす時間を取れなかった。

(それでも以前より眠れるようになったが、その反面どうにも……一人寝を物足りなく感じるようになってしまった)

そう思い、紫曄はつい照れ臭くて顔をしかめてしまう。

弱味となるような隙を見せてはいけない。幼い頃からそう己に言い続けてきたからか、誰も見ていない、聞いていない心の中での独白だというのに表情を誤魔化してしまう。

こんな気持ちを持つ前は、気まぐれに呼びつけ膝に乗せ、虎への変化を無理強いしたというのに。

(膝の上にいてくれれば俺はそれでいいのだが……)

皇帝の寵姫《ちょうき》・朔月妃という気軽な身分は、自由を好む凜花には丁度いいだろう。たまに膝に乗ってくれる気儘な虎猫が、はにかみ頬を染める姿は堪らない。

だが紫曄には、望月妃として囲い込み、縛り付けたいと思う気持ちもある。

「……まるで檻か」

小花園《しょうかえん》を囲う灯りを見上げ、ぽつりと呟いた。

◆◆◆

「ん～……がぉ！」

虎となり生垣を飛び越えた凜花は、そのまま近くの木に登り、枝の上からそこを眺めた。

もうずっと手が入っていないこの場所は、草が生い茂り区画も何もない。だが生垣の向こうから見えていたのは、やはり朽ちた祠《ほこら》のようだ。それにその手前に池があることも分かる。草間から、月の光を反射している水面《みなも》がチラチラと揺れているのが見て取れた。

（うん。やっぱり似てる。神月殿の薬草園にあった『隠し庭』とそっくり……！）

あそこに見えるのは百薬草《ひゃくやくそう》だ。あの白い花は骨芙蓉《こつふよう》に霧百合《きりゆり》。それからあの気になる香りや、その他にも嗅ぎ慣れない匂いがしている。

一見、好き放題に繁殖しているように見えるが、どれも強い植物だからか、うまく譲り合って繁殖しているようで荒れてはいない。これなら中を歩くこともできそうだ。

（手に取ってじっくり観察したいけど……どうしよう）

凛花は敏感な虎の嗅覚が危険を訴えていることに気が付いていた。人の姿に戻って口覆いをし、丈夫な手袋をしてから観察したほうがいいかもしれない。

（『隠し庭』だもの。多分どれも禁止薬草だ。薬にもなるけど毒草にもなる、後宮においての禁忌《きんき》薬……）

――と、ガサガサッと生垣が揺れる音がして、凛花はぱっと視線を向けた。

すると凛花が跳び越した場所のちょうど反対側、生垣の端が割れて、扉を開けるようにして紫曄が隠し庭に入ってきた。

「がぉ！」

凛花はトーンと木から飛び降り、紫曄のもとへ走り寄った。

ここは危険だから来ないほうがいい。そう伝えようと飛び掛かり首を振ったが、紫曄は何を思ったか、虎猫の凛花を抱き上げゆっくりと庭を歩き出した。

「がぅ！　ンン～！」

「ああ、注意はする。……随分香りが強い植物があるようだな？　俺でも分かる」

『だから危険かもしれないの！』と、凛花は肉球の手を紫曄の鼻にぺと、と押し付けた。

「ぷふっ。分かった。ではこうしよう」

紫曄は抱える凛花の衣装から帯を抜き取り、自分の鼻と口を覆うと、虎猫の凛花にも同じようにしてやった。が、簡単にずれてしまう。

「虎猫には難しいかか」

「がぅ！　んにゃ～！」

凛花は邪魔な布を取り去ると、自身を抱える腕を尻尾でぺたんぺたんと叩いた。下ろしてくれ、と言っているのだ。

「駄目だ。今のお前は素足だぞ？　もし毒草に触れたら大変なことになる」

「が～ぁう！　にゃう！」

「違う？　何が……っ、痛！　おま、噛むな！」

「あぅうにゃ！」

凛花は『甘噛みです！』と言い、いいから早く下ろせと牙と尻尾で紫曄を急かす。

「分かった！　ほら、足下に気を付けろ」

紫曄が渋々地面に凛花を下ろすと、凛花は自分の上衣《うわぎ》を口で咥え――

「もう！　早く下ろしてって言ったのに！」

そう言った凜花は、人の姿に戻っていた。だが、上衣《うわぎ》を羽織っただけでもちろん全裸だ。

「主上？」

「目の毒すぎる。いや、人払いはしてあるしいいか……？」

「よくないです！　着替えますからそっちを向いててください！」

「いやいや、俺はまだ虎の毛並みも感触も愛でていなかったぞ？　ならばこちらの姿を愛でても……」

「だ、駄目です！　こ、ここ、怪しい隠し庭ですよ！」

「いや、だからこそ大丈夫かと……」

「大丈夫じゃありません！」

そんな言い合いの後、『あとで虎猫姿を抱き締めさせる』と約束して、凜花は素早く着替えた。

そして周囲を囲む木の葉をむしり取り、お守り代わりだが……と紫曄と自分の口覆いに挟み込んだ。偶然かもしれないが、これは解毒作用のある薬草だ。生垣の内側に並んでいることから、ここの薬草への対抗作用を持つ可能性がある。

「……なあ、凜花」

「なんですか？」

「お前、着付けが下手だな？」

　襟は崩れているし、帯も緩んでいる。麗麗がやるような複雑な結び方など論外だ。月妃《げっぴ》の衣装は一人で着るものではないので当然なのだが。

「しゅ、主上が脱げって言ったんじゃないですか！」

「麗麗に脱ぎ着しやすい衣装にと言っておいたほうがよかったか……」

「絶対にやめてください！」

　恥ずかしいでしょう！　と、むきになる凜花が可笑しくて、紫曄は虎猫を可愛がれなかった分、凜花を揶揄《からか》い存分に楽しんだ。

（しかしまあ、そのまま戻れば同じことだと思うがなあ）

　不自然に着崩れた衣装を見た麗麗や衛士《えじ》たちは、二人が小花園《しょうかえん》でどう楽しんだのか、勝手に想像してくれることだろう。

　紫曄は少しむくれた銀の髪の寵姫《ちょうき》を抱き上げ、にこりと笑った。

「主上、下ろしてください」

「駄目だ。お前をそんな薄い衣装で歩かせるわけにはいかん」

　凜花は結局、人の姿でも紫曄の腕に座るようして抱えられてしまった。

　自分よりも夜目が利かず、薬草の知識もない紫曄を歩かせるのは不安でしかない。

　だが紫曄の言うことには一理あり、今日の風なら毒にあてられる可能性は低いと判断し、凛花は渋々承知した。

「どうだ？　どのような薬草か分かるか」

「いえ。よく観察しなければ断言できませんが、その……妊娠に関連する薬草が多く見られます」

媚薬《びやく》効果、妊娠を促進すると言われているもの、避妊や堕胎にも使われる毒草もある。

紫曄は少し驚いた顔になり、次いで眉をひそめた。

「後宮らしいな。……しかし、薬草姫と言われるお前が分からないものもあるのか」

「はい。ですが神月殿の碧さまに見せてもらった書物に、似たものが載っていた気がします」

確証はない。だからこそもう一度碧に会い、あの書物を見せてもらいたい。凛花はそう思う。

（そうだった。あの書物……たしか三巻組だっけ？　大書庫に写しがないか調べなきゃ……）

「凛花、どの辺りが禁止薬草だ？」

「どの辺りというか、よく分からないものは不明で、その他は全てです。」

「ということは、この『隠し庭』のほぼ全てが禁止薬草ということか。……うんざりするな」

　思わずといった風に呟いた最後の一言に、凛花は皇帝と後宮の立場を思った。

（きっと……だからこんなに禁忌《きんき》薬となる植物が育てられていたんだ）

「次々に試していたのかと思うような状態ですね……」

　思い付くままにそう言って、凛花はハッとした。恐ろしい可能性に気付いてしまったのかもしれない。

「なるほど。ここを作った望月妃は、世継ぎを産みたくなかった……か？　この小花《しょうか》園《えん》を与えられるほど愛された妃がそう考えるのは不自然だが……」

「いえ、逆に……」

　――他の妃に子ができないように画策してたのでは？

　だからこそ愛され大切にされたのかもしれない。只一人の後継ぎを産んだ妃として。

　その可能性に二人は顔を見合わせ、凛花は眉を寄せ、紫曄は顔をしかめた。

「あまり考えたくはないが有り得るな。まあ、よくあることだ」

「よくあるんですか……？」

　頷く紫曄に、凛花は溜息すら出なかった。

　そんな場所で生まれ育った紫曄が、後宮を嫌ったのは分からなくもない。

（ここを作った望月妃は、自分の地位の為にそんな恐ろしいことをしていた……？）

同じ薬草を育てる者として信じたくない。

表側の小花園《しょうかえん》は、植栽図《しょくさいず》を見る限りよい作りだった。組み合わせ次第で色々と使える、実用性の高い薬草園で――

(待って。実用性?)

『凛花殿。これらの植物はな、どれも人の持つ本能に働きかけるとされている薬草、毒草じゃ』その、書庫での老師の言葉を凛花は思い出していた。

(そうだった。これはただの毒草じゃない。どれも『本能』に作用する薬草だ。虎化の悩みを解決したい私の希望。……まさかだけど、昔の望月妃って『人虎《じんこ》』だったり……?)

思い付いた可能性はまさか過ぎるものだ。普通に薬草を扱う者が見たら、ここはあまりにも後宮らしい薬草畑でしかない。だけど特異な体質を持つ凛花にとっては、ここは希望の畑だ。

(もしもそうだったなら、私と同じように悩んでいて『虎の本能を抑えられるか』を試したんじゃない? もしここにある見知らぬ薬草が、あの碧さまの研究室で嗅いだ『気になる匂い』の元だとしたら、本能を煽る媚薬《びやく》効果の反対――本能を抑えることだってできるのでは!)

どくん、どくん、と凛花の胸が鳴る。

（後宮らしい用途のほうが可能性は高い。だけど神月殿とそっくりな隠し庭に、希少な毒薬草、未知の薬草、似た様式の祠《ほこら》まであったら――）

「凜花。あれは何だ？」

「え？」

紫曄が指差したのは崩れた祠《ほこら》の手前。草に埋れかけた池だ。

「何か光っていないか？」

「ああ。あそこは池ですね。神月殿の隠し庭にも同じような場所にあって……」

何だろう？　違和感がある。池に近付きながら凜花は空を見上げた。

（月は出てるけど、あんなに光が反射する？）

草で半ば覆われているのに、遠くから見ても分かるほど水面《みなも》が輝くだろうか。妙に気になる。

「……月、か？」

凜花を抱き上げた紫曄が覗き込むと、澄んだ水面《みなも》に細い月が映っていた。

だが、抱えられていたおかげで、紫曄よりも視線が高くなっていた凜花には見えたのだ。池の中で輝くものが。

「あっ」

月光が照らした池の中に、水草が揺れている。

「主上、違います！　月じゃなくて、池の中に生えている水草です！」

「これは……美しいな。月光を反射してるのか？」

この青白い光り方に、凜花は心当たりがあった。稀に日光や月光を浴びて光る植物があるのだ。

「いいえ。反射ではありません。月の光に反応して、この水草自体が光っているのだと思います。あの、主上。下ろしてくれませんか？」

「駄目だ。お前、水の中に手を入れようとしているな？」

凜花は「えっ」と、腕まくりをしていた袖を慌てて隠す。

「毒だったらどうする。毒とは美しい色形をしているものだろうが」

「そうですが……でも、多分これは大丈夫じゃないかと……」

「根拠は？」

「似たような特性を持つ植物を知っています。……けど、確かに分かりませんね」

じろりと睨まれた凜花は渋々引き下がる。

紫曄の心配はもっとも。ここは毒草だらけの場所だ。

「主上、じゃあせめてあの祠《ほこら》をもっと見せてください！　何が祀《まつ》られているのかが分かれば、この場所を解明する手掛かりになると思うんです！」

「祠《ほこら》か……」

祠《ほこら》を調べるといっても、肝心の祠《ほこら》は崩れているし、なかなか深そうな池の向こうにある。

「これ以上の調査は後日だな。夜よりは昼間のほうがいいだろう。それにあまり時間もない」

残念だが紫曄の言う通りだ。夜目が利く凛花でも、崩れた石造りの祠《ほこら》を一人で調べるのは無理がある。それに水に入る必要もありそうだし、着替えもなくこんな薄手の衣装ですることではない。

「そうですね……。あまり皆を待たせても申し訳ないですし」

入り口を固めている衛士《えじ》や麗麗は、二人が戻らなければいつまでも仕事が終わらない。

凛花は逸る気持ちを押し込め頷いた。

◆

紫曄は凛花を抱きかかえ隠し庭を出た。

そのまま来た道をゆっくりと戻るが、凛花の表情はいまいち晴れない。

隠し庭をもっと見たかった。もう少し手掛かりになるものを見つけたかった。そんな顔だ。

「輝月宮《きげつきゅう》の書庫を漁ってみるか」

「え？」

ぽつりと紫曄が呟いた。そして顔を上げた凛花にニヤと笑う。

「調査ならここ以外でもできる。さっきの祠《ほこら》と隠されていた庭か？　畑か？　お前はあの場所が気になるのだろう？」

「は、はい」

「それらは、最近のお前の考え事とも繋がっているのだな？」

凛花は目を瞬いた。

まだ何も話していないのに、紫曄はすっかり察している。いや、そのくらいのことを察せなくて、皇帝など務まるはずもないのだから当然だ。

「あれが何かを祀《まつ》った祠《ほこら》ならば、記録が残っているかもしれない」

まあ、隠されていた場所だけに、正確なことが分かるとは限らないが。

紫曄はそう付け足したが、心当たりがありそうな口ぶりだ。凛花はそう感じる。

(でも、主上がそういう言い方をするってことは、まだ言う気がないってことよね)

「よろしくお願いいたします。主上。あっ、でも空いた時間に探してくださいね？　睡眠を削るのは駄目ですよ！」

「分かっている」

少々眉を寄せて面倒くさそうに紫曄は言う。

「あと……あの、そろそろ下ろしてくれませんか？」

いつの間にかもうすぐ小花園《しょうかえん》の入り口だ。まさか抱えられたまま戻るわけにはいかない。

「いいじゃないか、べつに」

「よくないです！」

「本当なら隠し庭を見回った後、ゆっくり虎猫《お前》の体を堪能させてもらう予定だったのだぞ？　せめてこのくらい……」

「言い方……っ！」

灯りが照らす道はあと少し。紫曄の歩幅で二十歩も歩けば、二人を待つ者たちの姿が見えてくる。

「お前は木にも登ったし程々に走っていたが、俺は少々物足りない」

着崩れた衣装で抱かれて戻るなど、恥以外の何物でもない。早く下ろして！

そう思う凛花をよそに、紫曄は物足りないと言いつつ、何やら機嫌よさげに言葉を重ね焦れる凛花に視線をそそぐ。

「物足りないのだが？」

「……。では、戻ってから……」

「実は、残念だが明日は早朝から視察でな。今夜は輝月宮《きげつきゅう》へ戻る」

「えっ」

それは聞いていなかった。

無意識のうち、凛花の指は紫曄の胸元をきゅっと掴む。ふっと笑った吐息が銀の髪をかすめ、紫曄は足を止めこそっと耳打ちする。

「凛花、物足りない」

耳元で囁かれ、凛花の背にぞくりとしたものが忍び寄る。

「凛花。よく眠れるように、虎猫の加護をくれないか？」

その声は哀願のふりをした誘惑だ。紫曄はずるくてうまい。

強引に迫られれば「駄目だ」と言える凛花だが、甘えられるとどうにも弱い。だけど、と躊躇するのは少し先で待つ侍女《じじょ》たちのことを考えてだ。

「加護って……」

「お前が思うことでいいぞ？」

紫色の瞳をゆるりと細め、迷う凛花に言う。

甘えておきながら、最後は凛花にゆだねるのもずるいのだ。紫曄は。

さく、さく、と紫曄がゆっくりと再び歩を進める。

あと五歩。四歩。二人きりの時間はあと少し。

「……止まって、主上」

声と同時に、凛花は紫曄の襟元を掴みぐいと引き寄せ、そっと唇を重ねた。

「よく、眠れますように……」

ああ、恥ずかしい。勢いだけでしたものだから、ちょっと唇からずれてしまった。

俯く凛花の頭上からは、くっくっと紫曄の押し殺しきれない笑いが。

恥ずかしさを抑えて加護をあげたのに！　凛花が顔を上げ睨んでやると、ぎゅうっと強く抱きしめられ、がぶりと口づけられた。

「お返しだ」

灯りに照らされた紫曄が、口元をぺろりと舐める舌が見え、凛花はぶわわと頬に熱を上らせた。

（ああ、きっと紅《べに》がよれてしまっている）

結局、凛花は抱き上げられたまま麗麗のもとまで運ばれた。衛士《えじ》たちの落ち着かない視線と、麗麗の困ったような顔をまともに見ることができず、凛花はずっと俯いていた。

「凛花、このまま朔月宮まで運ぶか？」

「け、結構です……！　麗麗にお願いします！　主上はもう、早くおやすみください」

わざと凛花を恥ずかしがらせる紫曄へ、せめてもの意地悪だ。

「麗麗、お願い」

凛花に視線を向けられ麗麗は、衛士《えじ》たちの前を横切ると、紫曄の腕から凛花を奪い取った。

「承りました、凛花さま。それでは主上、おやすみなさいませ」

無礼ギリギリでは？　と思わなくもないが、麗麗の優先順位は凛花が上。凛花が望んだのだから構うまい。

それに実は、衛士《えじ》たちに自慢するように、凛花の乱れた姿を見せた紫曄に少し怒っているのだ。だから麗麗は、『寵姫《ちょうき》の我儘《わがまま》を聞くくらいの度量はありますよね？』という笑顔を紫曄に向け、礼をしてその場を去った。

衛士《えじ》たちは『主上に向かって度胸がありすぎるだろう！』『月妃《げっぴ》を抱き上げ颯爽と歩く侍女《じじょ》がいるとは！』と、麗麗の行動に硬直し、紫曄は「あっはは！」と笑った。

もしも今夜。紫曄が悪い夢を見たとしても、きっと白い虎猫がぜんぶ食べてくれるだろう。

もしかしたら屈強な侍女《じじょ》も付いてくるかもしれないが。

第四章　星祭と虎猫姫の祈り

いよいよ今夜は星祭だ。

「少し雲が出てるけど……雨は降らなそうね」

凛花はまだ朝もやに煙る中、庭で空を見上げていた。

美しい星河《せいが》が見られるかは分からないが、皆が今夜を心待ちにしているのは変わらない。

街では昨日から既に祭りがはじまっており、賑やかな音楽や花火が後宮まで届いていた。月華宮も、そこかしこに天星花《てんせいか》が飾られ、爽やかな香りに包まれている。

そして広場には、月妃《げっぴ》が祈念舞《きねんまい》と祝詞《のりと》を捧げるための舞台も完成し、後宮だけでなく街中の民も浮き立っていた。

「凛花さま！　天星花《てんせいか》をお持ちしました！」

麗麗が早朝の小花園《しょうかえん》から駆け戻ってきた。

凛花は今、大急ぎで花輪作りをしているところだ。これは星祭で祝詞《のりと》と一緒にお焚き上げされるものだ。夕刻には舞台袖に運び込まれるので、朝一で作っている。

「ありがとう、麗麗！　うん。蕾のほころび具合も丁度よさそうね」

本当なら出番の直前に作るのが好ましいが、この後の凛花は支度で手一杯になる。作るなら今しかないのだ。

本番までもたせるため、土台は庭の丈夫な薬草で作り、天星花《てんせいか》は夜頃に開くものを選んで編み込んだ。最後は燃やされてしまうものだが、せっかくなら美しい白の花輪を星河《せいが》に届けたい。

「麗麗さん、見て！　凛花さまったら花輪作りがとてもお上手なんですよ。私の出番はなしでした」

「そうですね。私は花輪など編んだことがないので明明にお願いしたのですが……。凛花さまがお上手で驚きました」

普通、花輪は月妃《げっぴ》ではなく宮の誰かが作るもの。月妃《げっぴ》も侍女《じじょ》も、草花で遊んだ経験などない者がほとんどだからだ。

「ふふ！　ありがとう。幼い頃から故郷で作ってたから得意なのよね」

収穫時期を逃した薬草や、森に咲く草花は凛花のいい遊び道具だった。まさか後宮に来て久々に作るとは思っていなかったが、腕が衰えていなくてよかったものだ。

それに凛花は黙々と作業をすることが好きだ。

収穫した薬草の処理や、畑を作ることも草むしりも楽しい。妙に心が落ち着くし気晴らしにもなるし、考え事にも最適だ。後宮に入った今は、そういった作業を毎日するのは難しいが。

（なんだかんだ準備に追われて、あっという間に星祭ね……。主上とも夜は会えていないし、虎にもなってないから、もう……体がうずうずする……！）

ふぅ、と凛花は一つ息を吐く。

あの小花園《しょうかえん》を散歩した夜以降、凛花と紫曄が顔を合わせたのは朝食の数回だけ。当然、抱き枕のお役目もない。

（がっかりしたのは私だけじゃないだろうけど……）

それに星祭準備中の月華宮には、日が落ちてからも人が出ていて、迂闊に散歩もできない状況だったのだ。

星祭は夜の祭り。だから灯りの具合を確認するため、夜に行われる準備も多い。しかも今年は、三年ぶりに月妃《げっぴ》が出席するとのことで、後宮の――現在の最上位、弦月宮の力の入れようがすごい。

祈念舞《きねんまい》のために特別な楽師《がくし》を呼び、衣装などの準備に人も増員されたらしい。このところ弦月宮は毎晩遅くまで灯りが絶えなかった。

（本当に早く星祭が終わってほしい。こんなに夜の散歩ができなくなるとは思っていなかった……！）

凛花は予想外の弊害《へいがい》に内心で溜息を吐く。そしてもう一つ。予想していたのに空振りとなった懸念《けねん》について思考を巡らせた。

（明明が神月殿に連れ去られて以降、ここまで弦月宮から何の妨害も嫌がらせもないなんて……。ちょっと、拍子抜けよね？）

衣装も、祝詞《のりと》の準備も問題なく進めることができた。花輪もこうして良いものを作れている。

（ひとまずの面子《めんつ》は保てるとはいえ……あの弦月妃さまが、祈念舞《きねんまい》だけで満足する？）

正直、順調すぎて気味が悪いくらいだ。だが平穏無事に済むならそれでいい。

星祭が終了するまで何事もありませんように。凛花はそう祈りを込めて、最後の天《てん》星花《せいか》を花輪に編み込んだ。

「よし！　花輪完成！」

「お疲れ様でございました。凛花さま。それでは明明、こちらを舞台係へ届けてきてください」

「はい。行って参ります！」

頼んだぞ……！　と麗麗は大きく頷き花輪を託す。この後は衣装の最終合わせ、そして入浴して化粧をし髪を整え、着替えを済ませたら、月華宮内にある神月殿でお祈りをして月官《げっかん》によるお清めを受ける。

その後、やっと星祭が始まる。凛花の長い一日はこれからだ。

「お願いね、明明。それじゃ麗麗。次、いきましょう！」

「はい！」

（星祭が終わったら、主上が抱き枕を所望しにやってくる。その時には少しでいいから虎散歩の時間をもらって、抱き枕のお役目を果たして、それで――）

今度こそ話をしよう。

きっと、夜は長い。

◆

シャラリ、シャラ、シャラン。

複雑に結われた髪を飾るのは、星をかたどった煌びやかな簪《かんざし》。シャラリと音を奏でるのは、天星花《てんせいか》の房を模した宝玉の飾りだ。それから髪を結っている紐は、紫曄から貰ったあの紫の髪紐。気付く者は気付く。そのくらい控えめな使い方だが、寵姫《ちょうき》だと示すには最適だ。

「凛花さま、お綺麗です……！」

「麗麗たちのおかげよ。衣装を仕立ててくれた皆にも感謝しなくちゃね」

凛花は手が隠れる袖をふわりと翻し、長くたっぷりとした裾を摘み広げて見せる。

「本当に美しい絹地です。裁縫師《さいほうし》たちも、このように美しく繊細な絹は初めてだと言っておりました」

「そうね。初めての素材をよくここまで仕立ててくれたわ」

やっぱり彼女たちの腕は本物だった。

青白く輝く絹地に合わせたのは、朔月妃の色である白藍色《しらあいいろ》。裾にほどこされた刺繍《ししゅう》は煌めく天星花《てんせいか》で、夜空のような深い藍色と銀の領巾《ひれ》には、星を思わせる色とりどりの玉管《ビーズ》が縫い付けられている。

「ふふ。素敵!」

着飾ることに執着のない凛花でも、この輝青絹《きせいけん》の衣装には心が浮き立ってしまう。早朝から長い一日が始まりこれからやっと本番という今、凛花に力を与えてくれるようだ。

「月が出ていないのが残念だけど、それでも十分美しいわ」

窓から見上げる空は生憎の曇り空。満月も、今夜の主役の星河《せいが》もまだ見えない。

「皇都《こうと》の星祭は雨や曇りが多いのです。もうひと月遅ければ、満天の星が見えるでしょうに」

「雲蛍州もそうだったわ」

ああ、だから『虎が大洪水の星河《せいが》を渡るお話』なんてお伽噺《とぎばなし》があったのだな。凛花はそんな風に懐かしみ、故郷ではどんな星祭を過ごしているかな……と、月のない空に思いをはせた。

凛花の出番は星祭の最後だ。

とはいえ、祭りの宴は夕刻から始まる。皇帝をはじめとした男の宴席は、月と星河《せいが》を臨めるように舞台の近くに設けられている。逆に月妃《げっぴ》たち後宮の女の席は、舞台は見えるものの奥まった場所だ。残念ながら空までは見えないし、広場の民からも見えない。

民が月妃《げっぴ》の姿を拝める機会は舞台でのみ。

宴の中盤になると、広場に面した舞台で歌舞音曲が披露される。

下位の妃から順に芸を奉納するという決まりで、今回は薄月妃・霜珠からとなる。その次が暁月妃・朱歌、そして弦月妃・白春による祈念舞《きねんまい》と続き、最後が寵姫《ちょうき》である朔月妃・凛花の出番だ。

（本当なら私が最初なのよね。これは悪目立ちするわ……）

祈念舞《きねんまい》を弦月妃さまに譲ることが出来てよかった。凛花は心底そう思う。

それだけに少々緊張するが、やることは簡単だ。祝詞《のりと》を奏上し、花輪と共にお焚き上げをするだけ。

(祝詞《のりと》の文言は雲蛍州の祝い歌と同じだし、憶えているから間違うことはない。ついてるわ)

「凛花さま。出番まではゆっくりお食事をお楽しみください」

「ええ。麗麗もね」

周囲を見回すと、どこの宮の席にも侍女《じじょ》や上級女官の姿がある。弦月宮などは、どれだけ連れてきたのだ！　と思うような大所帯。ここは弦月宮ではないか？　と錯覚するほどだ。

滅多にない宴の場。凛花もできるだけ多くの者を連れてきてやりたかったが、そこは最下位の妃・朔月妃だ。許された人数は僅か数名のみ。麗麗の他は上級女官たちにくじを引いてもらった。

ちなみに明明は朔月宮で留守番だ。弦月宮の者たちに会わせたくないので、仕方がない。

「今日は朔月宮の皆にもご馳走が振る舞われているのよね？」

「はい！　凛花さまのお心通りに。――街へ出た者たちの護衛の件もご心配なく。朱歌さまと私の実家の女たちが付いております」

麗麗はそう小声で付け足した。

せっかくの祭りだというのに、後宮の中で漏れてくる音だけを聴くのは寂しいだろう。そう考えた凜花が、平民出身者を中心に外出許可を申請したのだ。希望した良家出身の女官たちもだ。

「ありがとう。仕事を増やしてしまってごめんなさいね、麗麗」

「いいえ！　皆嬉しそうにしてましたし、朱歌さまの衛士《えじ》たちも喜んでおりましたので、苦はございませんでした」

凜花は少し離れた席の朱歌に目礼《もくれい》すると、朱歌はニッと笑い頷きで返してくれた。

「そ、それではわたくし、行って参りますわ……！」

一番手の霜珠が席を立つ。人前は苦手だと言っていたが、やはり緊張しているようだ。

霜珠が奉納する芸は『書』。

といっても舞台で書くわけではない。星祭は書や裁縫《さいほう》の腕の上達を願う祭りでもある。『星』である月妃《げっぴ》が、『月』である皇帝へ捧げる詩を詠み、それを書いた書を奉納するのが霜珠の役割だ。次の朱歌は刺繍《ししゅう》の奉納をする。

（私が刺繍《ししゅう》じゃなくて助かったわ）

凜花は心の中でほぅと息を吐いた。

霜珠の詩を聞き、しばらくして朱歌の出番が来る。

「凛花さま、そろそろ控室へ向かうお時間です」

「分かったわ」

◆

控室は奉納をする月妃《げっぴ》だけが入るしきたりだ。

一定時間ここへ入り、清めの手順をしなければ舞台に立てない。舞台に上がる月妃《げっぴ》は、仮初めではあるが『月官《げっかん》』と同じ者になる必要があるのだとか。

「凛花さま。出番が近付きましたらお声をお掛けします」

「ええ。よろしくね、麗麗」

凛花は真っ白な幕で囲われた通路を抜け、小房の扉を開けた。

(さて。まだしばらく時間はあるし所作の確認でも——)

控室に足を踏み入れた瞬間、凛花は目を見開いた。

そこに、いるはずのない人物がいたからだ。

「な、何故碧さまがここに……!?」

入る場所を間違えた？　もしかしてここは月官《げっかん》の控室だったか？　と、凛花は焦った。だが対する碧は、にっこり微笑み全く焦った様子はない。

「あの、碧さま？　ここは私の控室ですよね……？」

「はい。その通りです。僕はこちらで、朔月妃さまをお待ちしておりました」

「は……？」

碧があまりに普通に話すので、凛花は舞台へ上がるお清めは月官《げっかん》の手を借りるものだったか？　と記憶を辿る。

「実はですね、先日お見せしたあの書物に新しい記述が見つかりまして、是非お話ししたいと思いまして……！」

「……は？」

にっかりとした碧の笑みに、凛花は怖気を感じて全身の産毛をぶわりと逆立てた。

「何をおっしゃっているのか分かりません。ここは月妃《げっぴ》の控室です。お引き取りを」

「まあまあ、朔月妃さま。お時間もありますし、お暇でしょう？　そんなことをおっしゃらず、ゆっくりお話しいたしましょう……？」

なんだか急に苛々してきた。ニタニタとした碧の笑みに腹が立つ。心が粗いやすりを掛けられたようにざらざら逆立っていく。

（――おかしい。どうして急に、こんなに苛立つの？）

ハァッ……と凛花は湿った息を吐いた。

急激に体温が上がっている。つう、とこめかみを伝う汗に気が付いて、凛花はいよいよ異常を確信した。

「碧。お前、私に何をしたの」

ガルゥ……と唸り声が出そうな、月妃《げっぴ》とは思えないような低く凶暴な声が出た。

「あはっ！　改良が成功したようですね！　やはり実験を重ねて結果が出るのはとても喜ばしい！　朔月妃さまならわかるでしょう？」

「何を言って……」

そこで凛花はハッとした。

鼻先がちりちりと燻られるような静かな違和感。

（これは――）

くん、と意識をして匂いを嗅いだ。そしてやっと、かすかに漂う『気になる匂い』に凛花は気が付いた。

「この匂い……」

くん、くん、と静かに鼻を鳴らし違和感を嗅ぎ取る。密やかな匂いだ。

（この前より匂いは弱い。注意すれば問題はない）

そう思い凛花は袖で鼻を覆った。すると突然、凛花は眩暈を感じた。頭がぐらりと揺れ、じわわと思考が痺れ始めた。

（どうして……!?）

じっと目の前の月官《げっかん》を睨むと、碧は花がほころぶように笑った。

「朔月妃さま、どうか落ち着いて……いや、違いますね。落ち着かなくていいですが、急に動いてはいけません。ゆっくり匂いを感じて、本能に心をゆだねてください」

碧がこぼした『本能』という言葉に、凜花は体を硬くした。

先ほどから感じている奇妙な感覚はそれかと。凜花は今、人の体を脱ぎ捨て虎になりたいという欲求を強く感じ、戸惑っていた。

（同じ匂いなのに……どうして薬院で倒れた時と違うの？　それにどうして、もっと早くこの匂いに気付いて逃げられなかったの？）

雲に隠れていても今夜は満月だ。虎の能力が一番高まる日なのに！

「不思議そうなお顔をされてますね、匂いが感じられなかったからですか？　それは僕の研究成果の一つです！　あなた方が感じる匂いを抑えることに成功したようなのですよ！　ああ、素晴らしい！」

「あなた方……？」

凜花は張り付く舌でなんとか言葉を吐き出す。碧は何を言っているのだ？

「はい！　これが僕の研究成果です！　さあ、もっと近くに寄って、よ～く嗅いでみてください！」

ふざけた仕草で言う碧が、背中に隠していた振り香炉をブゥンと振った。

鎖にぶら下がり揺れる香炉は、神月殿での特別な儀式で使われるもの。だが、そこで焚かれる香は、伝統的でもっと厳かな香りだ。

このように、鼻のいい凛花が気付かないような密やかな香りではない。そしてもちろん、身の内に虎を潜ませる凛花にだけ効くようなものでもない。

「――碧。ここは月妃《げっぴ》だけが入ることができる清めの場所。何故、薬院の月官《げっかん》が入ってこれたの？」

「え？　まだそんな些細なことが気になるのですか？　う～ん、仕方ないですね。では、香が効くまでお話ししましょうか！」

碧はにこにこと笑い、無遠慮に凛花に近付いた。

碧がどのようにしてここに忍び込んだのか。この状況でそれを聞く凛花は間抜けかもしれない。だけどこの状況は『虎』の凛花だけでなく、『朔月妃』としても拙い。

（こんなところを誰かに見られたら『密会』だと思われてしまう……！）

密会などという皇帝を裏切る行為は、寵姫《ちょうき》といえども厳しく罰せられる。

しかも相手は先日、神月殿詣《しんげつでんもうで》で顔を合わせた月官《げっかん》薬師。二人の間に何かがあったという説得力になる事実だ。

（この機会を狙ったのも、面識があったことも利用されてる。これは単独での蛮行じゃない。もしかして後宮に協力者がいるんじゃ……）

凛花がそう思った時、丁度『ぴゅおぉ～』と笛の音が響いた。

シャンシャン、トントンと鳴り物が音を刻み、箏や琴も奏でられ始めた。舞台では、弦月妃による祈念舞《きねんまい》がはじまったようだ。

「おや、もう祈念舞《きねんまい》ですか。でも今年の前奏は長いそうなので、しばらくは演奏が続くはずです。時間はたっぷりありますよ。朔月妃さま」

「な……っ！」

（月官《げっかん》である碧が、どうしてそんなことを知っているの？）

そんなこと、何度もこの星祭に参加し、弦月妃の舞を知っている者でなくては分からない。

（協力者は……弦月宮と宦官《かんがん》か！）

憤りが湧き上がり、思わず息を吸い込んだ凛花は顔をしかめた。ドクン！　と鳴った胸を右手で押さえ、ハァッと息を吐く。

心臓がどくどくと乱暴に音を立てはじめ、ぶるぶると脚が、喉が、腹の奥が震える。

『気になる匂い』は今や『嫌な匂い』になり、体の中を無理矢理に引っ掻き回される不快感で、頭の中は落ち着かず、耳鳴りと変な汗が止まらない。

（これは何？　この男、私の虎に何をしたの！）

「朔月妃さま？　お顔の色が冴えない……というか、真っ赤ですね！　今はどのようなご気分ですか？　興奮していますか？　浮かれてきました？　この――」

シュッ、と振り香炉を持った腕を振りかぶり、その装飾が白い幕布の天井をビリリと切り裂いた。そこから覗いたのは雲の多い夜空だ。

「夜空を駆けていきたいですか？　……あれ？　まだ月が出てませんね。おかしいな、観察予想ではそろそろ雲が切れるはずなのに」

（『夜空を駆けていきたいですか？』って言った？　この男、やっぱり気づいてるんだ。私が虎だってことに……！）

グルゥウ……と、凛花の口からついに唸り声が漏れた。

すると碧がパッと顔を輝かせ、眩しいほどの笑顔で凛花に迫る。

「ああ！　今、唸りましたね？　唸り声が出ましたよね！　やっぱりこの『虎の本能を刺激する香』は本物でしたね！」

「今、なんて……！」

凛花は湧き上がる暴力的な気持ちを抑え碧を見つめた。

まさか、もしかしたらとは思っていたが、この月官薬師《げっかんくすし》はとんでもないものを作っていた。

凛花が欲しいと思っていた、探し求めていた『虎の本能を操る薬』を作っていた！

「さあ、ささ！　早く虎になって見せてください！　月がなくとも大丈夫でしょう？

この香で本能を刺激された人虎《じんこ》なら、月がなくとも変化できるはずです‼」

「えっ……？」

何を言っているのだろう。月が出ていないのに変化なんかできっこない。

（こんなの、拷問だ。只々本能を刺激され、高められるだけで変化はできない。行き所のない熱が溜まっていくだけ……）

凛花は湯気でも出そうなくらい熱い息を吐き、衝動を抑え込むように身を縮めうずくまる。

月がない。決して虎にはなれない。そう思うのに、堪えなければすぐにでも変われそうな気もして恐ろしい。

「おやおや、苦しいのですか？　大丈夫ですか？　ああ、酷い汗だ。顔が赤くて息も荒い」

碧は動けなくなった凛花に寄り添い、無遠慮に顔に触れ頬やら首にぺたぺたと触れる。その手付きは医薬師《いやくし》のもの。だが輝く目の奥には、実験動物を観察するような冷ややかさが見え凛花はゾッとした。

「朔月妃さま。僕の研究対象は、あの書物を見つけてから獣化《じゅうか》についてなのですよ。——あなたは、人虎《じんこ》でしょう？」

うっとりとしたその声に、凛花は冷や汗が流れる背を再び震わせた。

「なぜ……そう、思うの……っ」

「簡単です！　あなたは僕の研究室でこの匂いを嗅ぎ分けました。しかも、薬が効いたからです！　貧血などではなく、薬の効果で倒れたのでしょう？　あの時の感動と言ったら……」

やっぱりあの『気になる匂い』は、探し求めていた『本能を操る薬』だったのか。媚薬《びやく》と似ていると思ったが、獣化《じゅうか》を刺激されていたのかと凛花は今更ながら心の中で頷いた。

（あの夜は月が細かったのに長く変化できていた気がしたけど……気のせいじゃなかったのね）

薬によって刺激され、膨らまされた虎の本能のせいだ。

（今じゃなければ。それにこんな風に不意打ちでなければ。さらに言えば碧のようなおかしな月官《げっかん》じゃなくて、もっとまともな研究者だったら……！）

凛花は薄く目を開け、介抱するように凛花の肩を抱く男を見上げた。

「ああ、すみません。今はあなたを楽にして差し上げるお薬はないのです。ですからほら！　本能に逆らわず、どうか虎になって見せてください！」

（楽にする薬……？　虎の本能を刺激し、強くしているこの香と対になるものを知ってるの？　虎の本能を抑える薬が、存在するの……？）

凛花は今、近くにある希望を掴みかけている。

だけど反対に、絶望も近くにある。

ハァッ、ハァッ、と息が上がる。喉から出るグルゥ……という唸り声を抑えられない。

（駄目だ。もう堪えきれない）

いよいよ目が霞み、ぞわわと全身が逆立つ気配がした。変わってしまう。虎になってしまう。

（嫌だ。こんな場所で変化したくない）

熱に浮かされたようなこんな状態で変化してしまったら、自分がどうなるか全く分からない。星祭の最中だというのに、そのことを失念してしまうかもしれない。今まで感じたことのない凶暴な熱に振り回され、本物の虎になってしまうかもしれない。

それこそ、自分が人であることすら忘れてしまうかもしれない。

「朔月妃さま……！」

この男。その期待に満ちた瞳が本当にうざったい。煩わしい。消えてくれ、消してしまいたい、この爪で、牙でこの人間を――。その後に続く言葉が浮かんで、凛花はぶるると頭を振った。

（嫌だ。虎の本能のままに食い殺したくなんかない。無理だ、誰か――）

せめぎ合う理性と本能に苛まれ、凛花は不本意ながら碧にくたりともたれかかってしまう。

そして、遠くで聞こえていた音楽の調子が変わる。いよいよ弦月妃が舞始めたのだ。凛花の出番はこの後。そろそろ麗麗が呼びに来るのではないか？　麗麗なら「早く虎のお姿を……！」と囃し立てる五月蠅いこの男をのしてくれるのではないか？　そんな期待を抱き、歯を食いしばり堪える凛花の耳に知らぬ声が聞こえた。

『――侍女《じじょ》がくるぞ』

それは碧だけに掛けた小声。だが聴覚が冴えきってる凛花には、その男の声がハッキリと聞こえた。

「あともう少し！　邪魔者は君がなんとかしてくれ！」

『無茶を言う……』

ふと、凛花は声がする方向からいい匂いが漂っていることに気が付いた。ガサガサと神経を逆なでする香の匂いとは違う、ほのかに甘くて『いい匂い』としか表現できない香りだ。

『それから、あまり無理をさせてやるな。彼女が可哀想だ』

自分を気遣う声に、凛花は僅かに顔を上げた。ぼやける視界の隅に、黒い獣の影を見たような気がした。

◆◆◆

「そろそろですね」

麗麗は舞台に弦月妃が現われたのを見止め席を立った。数段の階を下り、凜花の控え室へ向かうとそこでばったり予想外の人物に出会った。

「主上。このようなところで何をなさっているのですか」

「酔い覚ましだ」

今、舞台では弦月妃が舞っている。そんな時に皇帝が席を外しているのはあまり良くない。

「お前こそ一人でどうした。凜花はどこだ？」

「控室で潔斎の最中ですが、今お迎えに」

「俺も行こう」

この人、それを狙って来たな？　麗麗はそう思ったが、微笑む紫曄と共に凜花を迎えに行った。

迎えと言っても、月妃《げっぴ》の清めの場である控室に月妃《げっぴ》以外は立入禁止。麗麗は先ほど凜花を見送った境から声を掛けた。

だが、何度か呼び掛けても返答がない。打ち合わせでは、弦月妃の舞が始まる頃にこの場所へ戻ってくることになっていたのだが……

「おかしいですね」

何かあったのではないか。不安が膨れ上がるが、ここより先に踏み込むには『不安』では弱い。周囲の目がなければこっそり入っていけるのに……と、麗麗が周囲を窺うと、紫曄が麗麗の肩に手を置いた。

「俺が行こう」

「ですが、主上」

衛士《えじ》たちがこちらに視線を向けている。

「皇帝《俺》ならまあ、罰せられん」

大丈夫だ、待っていろ。紫曄は麗麗にそう言って、越えてはいけない境をあっさり踏み越えた。

するとすれ違い様に、麗麗の目にちらりと白いものがよぎった。

(あら？　主上の髪紐……凛花さまと同じ輝青絹《きせいけん》では？)

シャラリと音を鳴らした紫の髪紐に、青白い絹地が編み込まれていた。

神月殿詣《しんげつでんもうで》の翌日、凛花が街で見つけて紫曄に贈ったと言っていたものだ。

「しかしまあ、あのように絡み合わせるとは」

麗麗は、ふはっと少々の呆れを含んだ笑いをこぼし、真白の通路を進んでいく紫曄の後ろ姿を見送った。

「あ、麗麗！　あのっ、主上を見ませんでしたか？」

「兎杜」

見て見ぬふりをした衛士《えじ》と麗麗は、スッと控室に続く通路に目をやった。

「ええ。行ってしまわれたのですか？　もう……困ったお人ですね」

「そうですね、本当に」

「うーん。大人しく戻ってきてくれればいいのですけど」

「信用できませんね、主上では」

麗麗と兎杜はうんうんと頷く。

寵姫《ちょうき》を持つ日などくるのか？　そんな風に思われていた冷徹《れいてつ》な皇帝の姿はどこへ行ったのか。今や朔月宮の者だけでなく、月華宮中が紫曄の寵愛は本物なのだと思い始めている。

「まったくもう。せっかく祈念舞《きねんまい》を譲ることで丸く収めたのに、主上が見ていなかったと知ったら弦月宮が騒いじゃいますよ」

「その通りです。それにもう一つ心配事があるのですよね」

え？　まだあるのですか？　兎杜は麗麗を見上げる。

「大人しく凛花さまをお連れしてくださればいいのですが……。ほら、あの方は口づけがお好きだろう？　お化粧を直す場所を確保しなければ」

「あー……そう、ですね」

兎杜はほんのりと頬を染めた。

◆◆◆

「ああ、朔月妃さま！　早く美しい虎のお姿を見せてください……！」

虎、虎と、こっちは我慢しているのにうるさい……！　心の中で悪態をつき凛花はギリと歯を食いしばる。

体が溶けてしまいそうな熱に包まれ、もう虎になってしまう。そう思った瞬間、凛花は空気がフワッと動いたのを感じた。

「凛花！」

紫曄の声がした。顔を上げる間もなく、凛花の肩を抱き支えていた碧が吹っ飛んだ。紫曄が蹴り飛ばしたのだ。

「凛花、どうした！」

「……主上、お静かに。騒ぎは……面倒、です」

駆け寄る紫曄をぼんやり見上げ、途切れ途切れに言う。弦月宮が増やした楽師《がくし》のおかげで、音楽が賑やかになっているので大丈夫だとは思うが一応だ。

ぎゅうっと紫曄に抱き寄せられ、凛花はホッと息を吐いた。

「碧。どういうことだ」

「いったた……っ、え。主上……？」

紫曄は低く冷たい声で言い、奥に転がったままの碧に鋭い視線を向ける。人を殺せそうな視線で見据えられた碧は、凍り付いたように動けず目を泳がせた。

「申し開きもなしか。いい度胸だ」

「ち、違います！　手を出すなんて不埒《ふらち》な目的ではありません！」

「違う？　皇帝の妃に触れた愚行《ぐこう》、死にたいのだろう？　望みどおりに――」

紫曄が腰に佩《は》いた剣《つるぎ》に手を掛ける。

儀礼に相応しい装飾が施されているが、中身は十二分に使えるものだ。

「ま、待って、主上……！　この人、使えます……！　まだ、待って……！」

「は？」

ぜぇぜぇと荒い息を吐きながら、凛花がその手を止めた。

◆

まずは匂いの元を断ち、碧を拘束した。

凛花はぐったりとしているが、紫曄が来たことで気持ちが安定したのか人型のままだ。よく分からないが、紫曄の体温と香りは凛花を人に繋ぎ止めてくれた。

「主上、朔月妃さま！　僕は、人虎《じんこ》に興味があるだけなのです！　ただ美しく神秘的な人虎《じんこ》を研究したいだけ……月の女神に誓って邪な気持ちも目的も持っておりません！　僕は、朔月妃さまの崇拝者です！」

輝く瞳で凛花をまっすぐ見つめた碧の言葉に、凛花はゾッとし、紫曄は眉を寄せた。崇拝者がその対象を苦しめたり、その立場を危うくさせたりするものか？　と凛花は釈然としないが、碧の言葉は真実だと本能で感じ取っている。

しかし紫曄は信じ切れない。凛花を害し星祭を台無しにさせるつもりだったのではないか、本当は不埒《ふらち》な目的で忍び込んだのではないか？　どうしてもそう思ってしまう。

本来、星祭と無関係である月官《げっかん》がここまで入り込んでいるという時点で、碧の背後には後宮の者がいるに違いないのだ。

それに、二人だけの秘密であった凛花の虎化について、なぜこの男が知っているのか。

「主上、どうか信じてください！　僕は以前お会いした時に朔月妃さまの秘密をお察ししたのです。朔月妃さまは僕が焦がれる研究対象であると確信したのです！　ここに忍び込んだ経緯もしっかりご説明しますとも。それにもし僕が邪な心を持ってここへ忍んだのなら、朔月妃さまに虎になってほしいなどと懇願いたしません！　香も違う効果のものを選んだはずです！　あっ、そうだ朔月妃さま！　あの書物の解読が進んだのですよ、小花園《しょうかえん》についてもお話したいことがあるのです！　朔月妃さまも興味がおありでしょう？」

「凜花。お前、これを利用……いや、信用するのか？」

「正直……信頼はできません。だけど、私の知りたいことを色々知ってるみたいですし、野放しにするよりは利用したほうが有意義かなと……」

そう思うが、止まらない人虎《じんこ》への賛美を聞き、正直、碧のおかしさがここまでとは……と重い溜息を吐いた。

凜花はうんざりしながら、碧へちらりと視線を向けた。

「はい！　有意義な働きを約束いたします！」

「お役に立ってみせます!!」

碧はそう言葉を重ねる。

だが重ねれば重ねる程、気色悪さが増し、紫曄の機嫌は降下していく。

「――碧。お前をここへ招き入れたのは誰だ。答えろ」

低く冷淡な声は、ぞくりとするような皇帝としてのものだ。あれほど喋っていた碧が、口を閉じて床に額を擦り付ける。

「……は、はい！　神月殿に出入りしていた宦官《かんがん》です！」

やはりそうか。凛花と紫曄は目を合わせ頷いた。祭りが終われば少しゆっくりできるはずが、また忙しくなりそうだ。

「本来なら、既にお前の首はそこに転がっている。理解しているな？　碧」

どこまでも静かな声に、碧が息を呑んだ。寵姫《ちょうき》を溺愛する皇帝のことを侮っていたと、今更後悔した。

碧は今、冷徹《れいてつ》な皇帝に見極められている。

「私は、主上と朔月妃さまに命を捧げお仕えいたします。決して逆らわないと誓います。ですからどうか……どうか！　いつか美しい虎のお姿を、ひと目だけでも拝むことをお許しください！」

震える声で言う碧を見下ろし、紫曄は一つ息を吐く。

凛花に熱い想いを向けるところは不愉快だが、平伏し誓う姿は信用してやってもいいだろう。

「その言葉を忘れるな。こんな男を信用か……」

「主上、諦めましょう。ですがこういう『なんとか馬鹿』は自身の欲望と信念を決して裏切りません」

「その通りです！」

凛花が、虎化の秘密を知る手掛かりと、おかしな崇拝者を得た瞬間であった。

◆◆◆

兎杜と麗麗は二人で並び白い通路を覗き込んでいた。

「遅いですねえ？　どうしましょうか、麗麗」

「まだお時間に余裕はありますが……あっ！」

紫曄の姿が見えたが、何故か凛花を抱きかかえており、麗麗と兎杜は「ああ！」と声を上げた。

そして後ろにもう一人、項垂れ歩く月官《げっかん》・碧が見え、ただ事ではないと麗麗は思わず駆け寄った。

「主上！」

「静かに。騒ぎになると面倒だ」

「主上。人払いをしました。それで、朔月妃さまは大丈夫なのですか？　それからこちらは……」

兎杜はそう言って、碧をじろりと見上げた。

「神月殿薬院の月官《げっかん》だ。説明は後だ。まずは兎杜、こいつを朱歌のもとに連れて行ってくれ」

「暁月妃さまですね。何かお伝えすることはありますか？」

星祭という特別な日なので、元月官《げっかん》である朱歌に元同僚が挨拶に向かったとしてもおかしくはない。ひとまず星祭が終わるまで、この危険な凛花の崇拝者を確保しておくのが目的だ。

「朱歌には『丁重におもてなししろ』と伝えてくれればいい。察するはずだ」

「かしこまりました！　では、月官《げっかん》殿。参りますよ」

兎杜はにっこり少年らしい笑顔で碧を連行していった。

「さて、麗麗。凛花を休める場所へ」

「はっ」

「俺は戻って、祈念舞《きねんまい》と音楽を少し引き延ばすよう言おう。いいか？　凛花」

紫曄は本調子ではない凛花を麗麗の腕に預け、目を見つめて言った。

「はい」

まだ香が抜けていない凛花は正直しんどい。だけど紫曄は、凛花に出番を辞退しろとは言わなかった。

紫曄は寵姫《ちょうき》として役目を果たすことを望み、凛花ならできると思ってくれている。凛花はそれが嬉しくて、ニッと勝気な笑みで続ける。

「少し休めばいけます。問題ありません」

「では、席でしっかり見ていよう。だが無茶はするな。舞台に出さえすればお前の勝ちだ」

少し乱れた凛花の髪を梳き、額に唇を落として紫曄は戻っていった。

「凛花さま白湯《さゆ》をどうぞ。お顔の色がよくありませんね、お衣装を整えたらお化粧も直しましょう」

「ごめんなさい、麗麗」

「いいえ。ご無事で何よりでした。私こそ謝罪を……。今回のことは幸運であっただけ、次はないと私も肝に銘じます」

「そうね。私も油断しすぎていたわ」

予想外の方向に危険な男ではあったが、碧に凛花を害する気がなかったのは本当に幸運だった。こぼれそうな溜息を、凛花は白湯《さゆ》と一緒に飲み込んだ。

着付けをし直した凛花の耳には、舞台の音楽が聞こえている。

席に戻った紫曄は他の舞も見たいとでも言ったのだろう。先程までとは速さの違うこの曲は祈念舞《きねんまい》ではない。

「凛花さま、お顔を上げてください」

麗麗は化粧直しの仕上げに紅筆を取る。鮮やかな紅《べに》は、色白の凛花によく映える。

「ん……。麗麗、よくお化粧道具まで用意していたわね」

さすが優秀で頼りになる侍女《じじょ》だと、鮮やかな唇で凛花は微笑む。

「ふふっ。今回は違いますが……主上は口づけがお好きなようですから、万が一と思って用意しておりました」

凛花はその思いもよらぬ返しに、パッと頬を染めた。

「さあ、凛花さま。そろそろ参りましょう」

「え、ええ!」

星祭――今夜のお役目は、月妃《げっぴ》として、寵姫《ちょうき》としてのものだ。

どれだけ心身の調子が悪くとも、決められた出番を蹴る選択などあり得ない。凛花はもう、この月華後宮で生きることを決めているのだから。

もし、凛花が土壇場でお役目を放棄したら、それがそのまま寵姫《ちょうき》・朔月妃の評価になってしまうのだ。

(碧に手を貸した宦官《かんがん》の狙いはそれだったのかな)

碧をそそのかし凛花を害させ、その出番を弦月妃が奪う。上手くいけばいいし、失敗したならそれでもいい。そんなところだろう。

その遠回しで逃げ道のあるやり方は、前回の眉月妃の件と同じ。あくまでも自分の姿は見せず、手も下さず、上手くいけばそれでいい。卑怯な手口だと凛花は小さな溜息を吐く。

「朔月妃さま。祭壇に火が灯り、月官《げっかん》が退場しましたら出番でございます」

「分かったわ」

舞台袖から覗くと、数名の月官《げっかん》により火が焚かれたところだった。

凛花は深呼吸をして自分に言い聞かせる。

(所作は何度もさらったし、祝詞《のりと》も故郷の歌と同じ)

祭壇に供えてある花輪を掲げ、祝詞《のりと》を奏上した後、二つを火に捧げる。それで星祭は終了だ。

(大丈夫。そのくらいできるわ)

凛花はまだ少しふらつく脚を叱咤して舞台へ向かう。

そして、自分と入れ替わりで袖に引っ込んできた弦月妃とすれ違った。

彼女は皇帝の求めに応じ舞を延長したせいで息も切れぎれ。だが、見物人たちの反応は良く、頬を紅潮させた満足げだ。

「……あら。朔月妃さま。お顔のお色があまりよくないようね？　お気を付けになって」

「弦月妃さま。お気遣いありがとうございます」

勝ち誇ったような弦月妃に、凛花はにっこりと微笑みで返す。

（白々しい……失敗なんか絶対してやらない！）

舞台に出ると、わぁっ！　という歓声が押し寄せ凛花は目を瞬いた。

『朔月妃さまだ！』

『きれい……本当に銀の髪なのね！』

『どこが跳ねっ返りの田舎姫《いなかひめ》だよ』

舞台と人々の距離は意外と近く、そんな声が凛花の耳まで届く。

（すごい人……！　皇都《こうと》中の人が集まったみたい！）

予想以上の熱気を感じ、凛花は呆気に取られてしまう。

天星花《てんせいか》や灯篭で飾られた街は華やぎ、着飾った人々は願い事を書いた天星花《てんせいか》の飾りを持っている。

舞台を見下ろす壇上からは、紫曄や双嵐、黄老師……凛花に好意的な人々と、そうでない人々の視線も容赦なく降り注ぐ。後宮の女たちの視線も同じだ。凛花は気を引き締め、足を踏み出した。

（まずは祭壇へ一礼し、主上へ一礼。そして花輪を持って――……えっ？）

燃える炎の前、祭壇にあるはずの花輪がない。

おかしい。ここにあるはずなのに。祝詞《のりと》が入った文箱《ふばこ》はある。だけど共に置いてあるはずの花輪はどこに……？

凛花は周囲に気取られぬよう、目線を動かし探すが見当たらない。と、その時。炎のゆらぎに乗って、嗅ぎ慣れた薬草の匂いが香った。

（えっ。この匂い……嘘でしょ⁉）

頭を上げ炎の中に目を凝らすと、天星花《てんせいか》の花輪がぱちぱちと水分をはじけさせ燃えていた。

（――やられた）

凛花の脳裏に、先程の弦月妃の笑みがよぎった。

（あれはそういう意味だったのね）

嫌な予感がして、凛花は文箱《ふばこ》の中もそっと改めた。すると案の定、祝詞《のりと》をしたためた書状がない。きっと花輪と同じく炎の中にあるのだろう。

衆人環視の中、こんなことができるのは炎を点した月官《げっかん》たちしかいない。

（弦月宮にはよっぽど親しい月官《げっかん》がいるのね）

怒りを通り越して呆れてしまう。ここまで細かく嫌がらせを仕込んでくるなんて。

月官《げっかん》は月の女神に仕えているはずが、これでは弦月妃に仕えているようだ。

『まだ始まらないの？』

『朔月妃さまは祝詞《のりと》の奏上をどうしたんだ？』

なかなか祝詞の奏上を始めない凜花に、広場にはざわめきが広まっていく。壇上の紫曄は心配そうに、だが険しい顔で凜花を見つめ、舞台袖では弦月妃が勝ち誇った顔で微笑んでいる。

（ああ、くだらない）

凜花はハァッ……とこれ見よがしに溜息を吐いた。

これでは祭壇を整えた人間か、月官《げっかん》が罰せられることになる。弦月妃はそんな下々のことはどうでもいいのか、罰を受けても構わないと思うくらいの見返りを渡したのか。

（どちらにしても、あまりにも幼い。これで月妃《げっぴ》の頂点に立つつもりだなんて、何を考えてるの？）

星祭は月妃《げっぴ》同士で諍《いさか》いをする場ではないのだ。

後宮の催し事でも、ただの祭りでもない。書や刺繍《ししゅう》の上達を祈るのが星祭だが、皇《こう》都《と》のこの舞台で月妃《げっぴ》が祈る。そのことにはもう一つの意味があるではないか。

皇帝並びに国の安寧と繁栄を、それを支える月妃《げっぴ》が祈る。

これは皇帝の威信を示し、民衆に広く見せるための儀式だ。その儀式の失敗は、凛花の――一人の寵姫《ちょうき》の失敗と失脚では済まない。皇帝・紫曄の足元をぐらつかせることにさえ繋がる。

（弦月妃さまはそれを分かっているの？　それとも分かっていないの？　ああもう、失敗しなきゃいいんでしょ！　こんなくだらない嫌がらせ……なんとかしてやるわ！）

凛花は顔を上げ、手ぶらのまま祭壇に首《こうべ》を垂れた。

そして祭壇にくるりと背を向けると、ざわつく民衆のほうへ足を向けた。

紫曄は壇上からただ凛花を見つめる。弦月妃は訝《いぶか》しげに眉をひそめ、朱歌は何をしてくれるのかな？　と興味津々に腰を浮かせている。霜珠は心配そうに手を組み、麗麗は傍に駆け付けたい！　と拳を握りしめていた。

そんな中、凛花は銀の髪をなびかせ、トンッと舞台を降りた。瞬間、広場中に驚きとどよめきが起きた。

「朔月妃さま！　いけません、お戻りください！」

「後宮の月妃《げっぴ》さまが民と同じ場に立つなど……！」

「危険です！　舞台へお戻りください！」

舞台下で警護にあたっていた衛士《えじ》たちは凛花を止める。

「控えなさい」

凛花は一言そう言って、視線を紫曄へ向けた。

つられた衛士《えじ》たちも同じく壇上を見上げると、紫曄が頷いた。

「さあ、そこを退いて」

立ちふさがっていた衛士《えじ》たちは渋々道を開ける。しかし、皇帝の許しが出たとはいえ寵姫《ちょうき》に何かあったら自分の首が飛ぶのでは？　と、武器を手に凛花の後に従った。

困惑しているのは集まった民たちだ。

広場はしんと静まり返り、凛花は何をするつもりなのかと息を呑み、銀髪の寵姫《ちょうき》を見つめた。

凛花はにっこりと微笑むと、最前列の女に声を掛けた。

「驚かせてごめんなさい。あなたの天星花《てんせいか》を私に譲ってくださらない？」

「えっ！　はっ、はい！」

彼女が手にしていたのは大振りの天星花《てんせいか》の飾り。下げられた短冊には恋の歌が書かれている。書の上達と、恋の成就もこっそり願ったのかもしれない。

「あなたも、よかったらお譲りいただけないかしら？」

姉妹だろうか。両隣のよく似た娘たちにも声を掛けた。

彼女たちに付き添う裕福そうな身なりの男は父親だろう。本当に娘たちが求めに応じていいのか？　罰されることはないのか？　と視線を凛花の後ろの衛士《えじ》に向けている。

「申し訳ないのだけど、花輪にする天星花《てんせいか》が必要なの。あなたたちの花飾りを使わせていただけたら助かるわ」

その言葉で、民たちは凛花が祭壇前で立ち尽くし、舞台を降りここまで来た理由を察した。

しん、と再び広場に静寂が広がって、凛花は『おや？』とわずかに首を傾げた。

「ど、どうぞ！　ぜひお使いになってください！」

「わたしのも！　朔月妃さまのお役に立つのなら……！」

娘たちは嬉しそうに、そしてどうしてか急に目を輝かせ花飾りを差し出した。

「ありがとう。あなた方の願い事は、私が責任をもって祭壇の炎へ捧げます」

にっこりと微笑みそう言うと、近くの女性が「朔月妃さま！　こちらもお使いください！」と花飾りを持つ手を伸ばした。それを呼び水に、あちらこちらから花飾りが差し出される。

「こちらもどうぞ！」

「わたしのも、お使いください！」

民から多くの飾りが寄せられたが全ては使えない。何本かで十分だ。

凛花は微笑むと、ふわりと袖を広げ「ありがとう」と民衆へ一礼した。そして慣れた手付きで花輪を編み上げ、小走りで舞台へ戻った。

広場はざわめきが収まらない。民たちは浮き立つ声で今の出来事を口に乗せる。

「まさか月妃《げっぴ》さまが私たちを頼ってくださったなんて……！」

「見た⁉　私たちに頭を下げてくださったわ！」

「あの方が皇后に、望月妃さまになってくだされぱいいのに！」

そんな声を聞きながら、衛士《えじ》たちは興奮で押し寄せる民たちを抑え『なんて月妃《げっぴ》だ……！』と凛花の後ろ姿見上げた。

舞台に戻った凛花は早速祭壇へ向かい、今作ったばかりの花輪を高く掲げた。

（ちょっと不格好だけど、ちゃんと花輪になってるからいいでしょう！）

すう、と息を吸って目を閉じる。

祝詞《のりと》を書いたものはないけど、あれは故郷で幼い頃から歌っていたものと同じ。文言はしっかりと記憶している。

（出だしは――……）

最初の言葉を頭の中に浮かべ、静まり返る中で詠み上げる。

が、歌詞を思い出そうとするとついつい歌になってしまい、凛花は苦笑した。

（まあいいか。というか、歌わないと上手く思い出せないのよね）

聴いたことのない歌に、民と月華宮との両方から困惑と驚きのどよめきが起こった。

紫曄も側近たちも同様だ。皆が目を丸くする中、黄老師は白い髭を撫で笑い声を上げた。

「はっはは！　歌うか、あの妃は」

「曾祖父様、祝詞《のりと》とは歌だったのですか！」

公式の場だというのに、わくわくと驚きに呑まれた兎杜はつい曽孫の口調になってしまう。

「そうよ。古い古い時代では歌を捧げておったと記されておる。じゃが、その歌も、節回《ふしまわ》しもいつしか消えてしまってなあ」

「節回《ふしまわ》し……。あっ！　もしかして、朔月妃さまが見ていた大昔の祝詞《のりと》……！」

少し前の『祝詞《のりと》の写し』には、文字の隣に汚れかと思うような何かが書かれていた。もっと古いものには、点や線が書かれていた。あれは節回《ふしまわ》し――歌い方の抑揚が記されていたのでは！　そう、兎杜は思い至る。

「おや。何か手掛かりがあったか？　兎杜」

「はい！　ですがあれだけでは……。節回《ふしまわ》しが分かっても、旋律までは分からないと思うのですが……？」

あれ？　と小さな従者は首を傾げる。

「あの月妃《げっぴ》に作曲の才能があったのか？　意外すぎるだろ」

「いいえ。それはないかと。楽器や歌を嗜むとは聞いておりません」

晴嵐は身を乗り出し歌に耳を傾け、雪嵐は腕組で頭を捻る。

「――なるほどな。これこそが本当の星祭の祝詞《のりと》だったのか」

紫曄はぽつりとそう言った。

確かにそう思わせる歌だ。ゆったりとしていて、高く低く響く歌声は心地よく、きっと天の星まで届くだろう。

「曇り空なのが残念だな」

輝青絹《きせいけん》の髪紐を揺らし、紫曄は雲が流れる空を見上げた。

◆◆◆

広い場所で歌う祝い歌は、なんだかとても心地いい。

(これまでは一族だけの集まりで歌っていたけど、この歌ってこんなに響く――……えっ？)

歌に被せるように音が奏でられ、凜花はパッと音のほうを見た。

軽やかな弦の音。これは、天月琴《てんげっきん》？

高く低く奏でられるのは、凜花も知る祝い歌の旋律だ。一体誰が？　どうしてこの歌を知っているの？

（あっ、あの楽師《がくし》だ。褐色《かっしょく》の肌……異国の人？）

天月琴《てんげっきん》を弾いているのは、黒髪に異国風の褐色《かっしょく》の肌をした男だった。

凜花がじっと見つめていると、男は視線に気付いたのか顔を上げ、うっとりするような笑みを浮かべ凜花を見つめ返した。

凜花は不思議に思いながらも、寄り添うような琴の音に耳を傾け祝詞《のりと》を歌う。

（異国の人が、どうしてこの祝い歌を知っているの？　これは虞一族しか知らないはずなのに――）

そのうちに、歌に合わせるように緩やかな風が吹き、祭壇の炎からきらきらと火の粉が舞い出した。

（あれ……？　なんだろう。いい匂い……これ、どこかで嗅いだことのあるような？）

碧が焚いた強い香のせいで、凜花の嗅覚はまだ鈍っている。だが甘く誘うような微かな匂いが、どこからか漂ってきているのは確かだ。

しかしその匂いを吹き飛ばすように風が吹き、凜花の長い銀の髪が巻き上がった。

領巾《ひれ》や裾がふわりと揺れる。

すると、広場に再びのざわめきが湧き上がった。

月と星河《せいが》を覆っていた雲がゆるゆると退き、その隙間から星々のきらめきと月の光が地上へ届く。

『朔月妃さまの祝詞《のりと》で……？』そんな声があちらこちらから聞こえはじめ、月華宮側の壇上にもざわめきが伝播した。腰を浮かし空を覗き見る者だけでなく、席を立ち身を乗り出す者もいる。

（ああ、やっと月が出てくれた！）

凛花も花輪を掲げながら空を見上げて微笑んだ。明るい満月が舞台を照らし、人々も照らす。

凛花はずっと、この月を待っていた。

祝詞《のりと》を歌い終え、花輪を祭壇の炎へぽんと投げ込む。水分を含んだ天星花《てんせいか》の花輪はぱちぱちと音を立て、天へと昇っていく。

そして月光を受けた凛花の衣装が、青白く輝いた。

月の光を反射しているのではない。月の光に反応し、輝青絹《きせいけん》そのものが光を発しているのだ。

わぁっ！ という歓声が上がり、凛花はそれに応えるように民衆のほうを振り向くと、微笑み一礼した。

舞台の上で輝く衣装や領巾《ひれ》をひらめかせる姿は、まるで星と月から祝詞《のりと》の礼を受け取っているよう。

（素敵……！　伯母さまが桑《くわ》と蚕《かいこ》を研究して、やっとできた絹。いいお披露目ができてよかった！）

この輝青絹《きせいけん》は偶然の産物だ。森に埋もれていた古い種類の桑《くわ》の木を見つけ、その葉を蚕《かいこ》に食べさせてみたのが始まりだった。

とある月夜、たまたま蚕《かいこ》の様子を見に行ったら、繭がぼんやりと、まだらに輝いて見えた。そして、まさか桑《くわ》の葉か？　と凛花の伯母が研究を始め、やっと製品化できたものだ。

（私が寵姫《ちょうき》として不足ないと印象付ける目的で使ったけど……この絹地のおかげで、仕組まれた悪意なんか全部なかったようになったわ！）

凛花は内心でほっと胸を撫で下ろし、微笑み歓声に応えた。

「どうしてお衣装があの様に？」

「すてき……！」

「麗麗さま、あのお衣装は一体なんですの？」

後宮の女たちも興奮を抑えきれず声を上げた。朔月妃の侍女《じじょ》である麗麗にも次から次に声が掛けられている。

「あの衣装は凛花さまの故郷、雲蛍州で特別に作られた絹で仕立てたのですよ！　朔月宮の裁縫師《さいほうし》たちの仕事です！」

麗麗は誇らしげに主を見つめて言う。それから、この場に臨席することを許されなかった裁縫師《さいほうし》たちのこともしっかりと言っておいた。

民衆に紛れているだろう彼女たちにも、この賞賛を聞かせてやりたかった。そう思うと同時に、これは一番遠いところにいる弦月宮や、高位宦官《かんがん》たちへの意趣返しでもあった。

身分が低く、高貴な月妃《げっぴ》の衣装を仕立てるには相応しくない。未熟な新人。

そう言われ、隅っこの朔月宮に追いやられた者たちの見事な仕事と、そんな彼女たちを信じ任せた凛花を見ろ！　そんな気持ちだった。

「仕立ても素敵ね。風を受けた姿がとても美しいわ……」

「麗麗さま、あの絹地をぜひ取り寄せたいわ。朔月妃さまにお願いできまして？」

絹を褒める声にまじり、衣装や施された刺繍《ししゅう》を褒める声もある。麗麗は益々誇らしげに胸を張り、満面の笑みで「はい！　凛花さまにお伝えしてみますね」と答えた。

そんな後宮の席の賑やかさは凛花にも伝わっていた。

霜珠や朱歌たちから寄せられるきらきらした眼差しに混ざる、どす黒く重い視線も勿論感じている。

（弦月宮の大部分と宦官《かんがん》たちね。それから最も強い視線の源は――弦月妃さま）

それは舞台の袖から注がれていた。

出番は済んだのに、好ましく思っていない凜花の舞台を見守っているなんて不自然だ。失敗することを知っていて、それを嘲笑い、途方に暮れる凜花の代わりに弦月妃が出番を務めるつもりだったのだろう。

（祝い歌と同じでなければ、私だって祝詞《のりと》の奏上は無理だった。そうじゃなきゃ、弦月妃さまの思い通りになっていたわ）

凜花はわざと弦月妃の視線には目もくれず、裾をひるがえして舞台の端まで行き、もう一度礼をする。

そして、再びワッという声がして、凜花は民の視線の先を見上げた。

そこには席を立ち、露台《ろだい》の前に出た紫曄がいた。

そして労うように凜花に向かって手を差す。こんなことはもちろん予定にはない行動だ。

「ああっ！　主上の御髪《おぐし》も光ってる！」

その声に、紫曄は目を瞬いた。

左右を固める双子も、老師も、兎杜も紫曄の髪を見上げる。その視線につられ、周囲も紫曄に目線を向けた。

「ああ、凜花から贈られた髪紐か。なるほど……」

故郷の新しい絹だと言っていた。あの時から今夜のことを狙っていたとは思えないが、偶然を引き寄せる強運は、上に立つ者として大切な要素だ。

月の光で輝く絹を手に入れる縁、曇り空が晴れる時運。どちらも凛花が引き寄せたものだ。

紫曄は自身の色と絡ませた輝青絹《きせいけん》の髪紐に手を触れ、凛花に向かって笑顔を向けた。

『冷徹《れいてつ》な皇帝』とは似ても似つかないその笑顔は、明るい月光に照らされ民衆にも届く。

紫曄が帝位に就いて三年。きっとこの国に、皇帝と月の女神の寵愛を受ける新しい望月妃が誕生する。今夜の星祭は、そう思わせるのに十分な舞台だった。

◆◆◆

「どういうこと……」

舞台袖の月影で、弦月妃が底冷えのするような声で呟いた。

華やかな紅梅色《こうばいいろ》をまとっているというのに、その姿は暗く、舞台を睨めつける瞳はゾッとするほど冷たい。

「弦月妃さま、お戻りになりましょう」

「そうですわ。朔月妃さまがいらっしゃる前に……」

侍女《じじょ》たちは弦月妃にそう勧める。

「何故?」

「……え?」

「何故わたくしが逃げなければならない? わたくしのほうが上位の妃であるのに、何故わたくしがあの女から逃げる……?」

主のその声、その言葉に侍女《じじょ》たちは全身を凍り付かせた。

弦月妃・白春がよからぬ企てをしていたのは知っていた。

宦官《かんがん》や神月殿との連絡を取り持っていたのは侍女《じじょ》たちだから。だが、何をしていたのかまでは知らされていない。

しかしそれは、侍女《じじょ》たちを慮《おもんばか》ってのことではない。万が一、侍女《じじょ》が捕らえられても、裏切っても証言させないため。弦月妃自身のためだ。

「弦月妃さま。白春さま。逃げるのではございませんよ」

「貞秋《ていしゅう》」

例外は乳姉妹であるこの侍女《じじょ》、貞秋だけだ。

今回の企てにも、前回の事件も貞秋は深く絡んでいる。

「あなた様は祈念舞《きねんまい》のお役目をまっとうされ、称賛されたではございませんか。お早くお席へ戻り、皆から言葉を受けてやりませんと」

称賛された。受けてやる。

その言葉は弦月妃の自尊心を満たす上手い言い回しだ。

「そうね。わたくしが戻らなければ――」

『いやあ、素晴らしい演出だった！　このような星祭は初めてだ』

『望月妃になるのはやはり朔月妃さまでしょうな』

『ええ。主上のあのお顔を見れば……』

『これは決まりでございましょう！』

それは弦月妃がまだこんな場所にいるとは知らない官吏たちの声だった。

そしてその声に、侍女《じじょ》たちの顔が再び凍り付く。せっかく主の機嫌が直ったところだったのに……！と。

ぎりりと扇を握り締め、弦月妃は舞台上で喝采《かっさい》を浴びる凜花を睨む。

月の光を受け輝く衣装は確かに美しい。だが、どうしてそんな幸運まで朔月妃が持っていくのだ？

（花輪も祝詞《のりと》も燃やしたのに。変わり者らしい月官《げっかん》の手引きだってしてやったのに。失敗するはずで、上位の妃であるわたくしが代役をしてやる手筈だったのに……！）

しかし、弦月妃のその射殺すような視線は凜花には届かない。

舞台を降りてきた凜花は、弦月妃を一瞥もせず去っていったからだ。

カッと弦月妃の中で何かが弾けた。

はらわたが煮えくり返るとはこういうことかと、初めて感じた思い通りにならぬ悔しさ、嫉妬《しっと》に弦月妃は顔を真っ赤にした。

「わたくしも戻るわ」

（許さない。このわたくしに屈辱を感じさせるだなんて、田舎姫《いなかひめ》が生意気な……！）

上位の妃として慈悲《じひ》を持って対応してやっていたが、もう慈悲《じひ》など与えまい。

弦月妃は明るい月夜の下、心の中でそう決めた。

◆◆◆

「まったく。凛花には心配の必要などなかったな」

紫曄は舞台を降りた凛花を見下ろし、広場へ目を向けた。

初めて聴く星祭の祝詞《のりと》歌に民衆は聞き惚れた。しかも掲げていたのは、自分たちが捧げた天星花《てんせいか》の花輪だ。

「これは決まりだろ」

「紫曄。朔月妃さまに早く頷いてもらいませんと」

晴嵐と雪嵐が笑って言う。

凛花は寵姫《ちょうき》であるのに、最下位の朔月妃のまま。それは望月妃になることを拒んでいるようで、一部の官吏からは『無礼だ』『主上の威光《いこう》を削ぐ』と非難の声も漏れ出している。早く相応の位に就くことが、凛花にも、紫曄にも必要だ。

「そうだな」

期待以上の振る舞いを誇らしく思うと同時に、紫曄は内心で少々焦りも感じていた。ただの抱き枕から、とっくに愛しく大切なものとなっている凛花。だが未だ『抱き枕』以上の関係にはなっていない。

(どうすれば、あの跳ねっ返りの虎猫は頷いてくれる?)

紫曄の寵《ちょう》は凛花にあるが、当の寵姫《ちょうき》、凛花がどう思っているのか、いまいち分からない。好かれているのは確かだと思うが、何故、望月妃になることを拒むのか……

(拒むということは、きっと虎が関係しているのだろうな)

星祭の宴が終わった深夜。

紫曄は輝月宮《きげつきゅう》の書庫にいた。ここは皇帝のみが入れる場所で、皇帝だけが読める特別な書物が収められている。

「どれだ……?」

紫曄が探しているのは、小花園《しょうかえん》の祠《ほこら》について記してある書だ。

凛花に探してみると言ったきり、そんな暇を取ることができず今夜になってしまった。

正直言うと、少々忘れていた。だが、この探し物のことを思い出したのは、他ならぬ凛花が切っ掛けだ。

あの祝詞《のりと》歌。初めて聴いたあの歌で、祭祀に関することを記した本があったなと思い出したのだ。

（小花園《しょうかえん》にあった祠《ほこら》について書かれたものがあればいいが……）

あの祠《ほこら》は気になる。小花園《しょうかえん》は昔の望月妃のものだが、作らせたのは皇帝だ。あの祠《ほこら》には何か特別な意味があるはずだが……

「一度くらい目を通しておくべきだったな」

皇位に就いた時に受け継いだこの書庫だが、重要と伝えられているもの以外は開いたことがない。

さて、お目当ての本はどれだろうか。

そう思いつつ紫曄は背表紙を指で辿っていく。すると目に付いたのは、紫色に染められた表紙に月の意匠——皇帝の紋が押されたもの。こんなに『皇帝』を強調したものはこの中でも珍しい。

手に取りパラパラと頁《ページ》をめくると、紫曄の手が止まった。

「……虎？」

そこには、白銀の虎の絵が描かれていた。

◆◆◆

夜半過ぎ。静まり返っていた朔月宮に突然の訪問者があった。

ほとんどお飾りの門衛《もんえい》は大慌てで筆頭侍女《じじょ》へ使いを飛ばす。決まりだからというだけで置かれていた夜番は、息を切らし筆頭侍女《じじょ》の私室の扉を叩いた。

「ひっ、筆頭侍女《じじょ》さま……！　麗麗さま！」

小声にするべきかと思ったが、訪問者を待たせるわけにはいかない。夜番の宮女が大きな声で呼びかけると、バン！　という音と共に扉が開いた。

「何事か！」

寝間着姿で矛を携えた麗麗は、こんな時刻に夜番が走るとは緊急事態か！　と跳び起きたのだ。その様相は今にも凛花のもとに走り出しそうである。

「ヒッ！　あの、あの主上がお見えです！」

「主上が？」

既に凛花は眠っている。紫曄は何事もなく押し掛けるような皇帝ではない。麗麗は訝《いぶか》しく思いつつ、急ぎ身支度をして門へと急いだ。

◆◆◆

『ですが主上、私がお声を……』

『よい。麗麗は戻るといい』

そんな声が聞こえ、凛花はぼんやりと目を覚ます。

満月の今夜はさすがに耳がいい。夢の中にいたのにしっかりと二人の声が聞こえていた。

窓布越しに差し込む月光の角度を見るに、今は夜半過ぎだろう。余程急ぎの用件なのか？　と、凛花は牀榻《ねどこ》を抜け出し扉をそっと開けた。

紫曄を招き入れたが、様子を見るに切迫した状況ではなさそうだ。

「それで主上。こんな時刻にどうされたんです？」

「いや……。よく考えたら明日でもよかったかもしれん。朔月宮の者には悪いことをしたな」

紫曄はバツが悪そうに髪をいじる。

確かに凛花も麗麗もどんな大事かと思ったが、『少し話したいのだが……』と言った紫曄に少々驚いた。

星祭では凛花と紫曄は何も話せないままだった。思えば騒動は一つどころではなかったし、偶然ではあるが二人揃って輝青絹《きせいけん》の輝きをまとったりもした。話題はいくつでもある。

「ふふ。私も少しお話がしたいと思っていました。今夜騒がせてしまった皆には、明日何か差し入れて詫びましょう」

「そうしてやってくれ。……それでだな、話したいことはこれだ」

そう言うと、紫曄は抱えていた包みを開いた。

「輝月宮《きげつきゅう》の書庫にあったものだ。本来は持ち出し禁止だが、まあいい」

「えっ。あの、これって皇帝にだけ閲覧が許されているものではないのですか⁉」

小花園《しょうかえん》で言っていた、皇帝が受け継ぐ書庫の本なのでは！　と、凛花は目を丸くした。

「まあな。皇帝である俺が許すのだから、お前がこっそり見る分には構わん。まだ全ては読んでいないが、いくつか気になった箇所があった。見てくれ」

紫曄は牀《しんだい》に腰掛けると、本を置きその表紙をめくった。

さすがに畏れ多いなと思うが、自分にこれを見せるということは、小花園《しょうかえん》の祠《ほこら》について何か分かったのかもしれない。凛花は促されるまま、紫曄が開いた頁《ページ》を覗き込む。

「虎……ですね？」

「虎なんだ。月ならば分かる。我が国も、皇家《こうけ》である胡家《こけ》も特に虎との縁はない。だから不可解なんだが……しかし不思議な縁を感じる」

紫曄と凜花を繋いだ神託《しんたく》に出てくるのは虎。しかもここに描かれているのは白虎だ。続く頁《ページ》には星の河を渡る虎の絵があり、めくっていく毎に現れる虎の絵は伝承をもとに描かれているように思われた。

「これは……」

今、二人が思い描く白虎といえば凜花。そして凜花の実家、虞家《ぐけ》が受け継ぐ虎は白虎だ。

「これ、実は虞家《ぐけ》のものだったり……しませんよね？」

「そんなわけあるか。で、次はここだな。思った通り、小花園《しょうかえん》の祠《ほこら》についての記述があった」

「えっ！」

凜花は食い入るように、その見開きの頁《ページ》を覗いた。そこにはあの植栽図《しょくさいず》と似た、小《しょう》花園《かえん》の見取り図が描かれている。だが、どこに何が植えられているのかまでは記されてない、ただの地図のような印象だ。もちろん、祠《ほこら》や隠されていた薬草畑も描かれてはいる。

「でも、絵だけ……ですね？」

区画ごとの植物が描かれているが説明書きはない。細密に描かれているのに一切記述がなく、違和感のある本だ。

（ん？　この違和感……どこか他でもあったような）

「ああ。全編このような感じだ。どうも意図的に伏せてあるというか、記述を避けているような雰囲気を感じないか？　それと俺の勘だが、これと対になる書物が望月宮の書庫にもあるのではないかと思っている」

凛花は紫曄の許しを得てぱらぱらと頁《ページ》をめくってみる。どこもかしこも記されているのは絵だけで文字がない。これでは意味が分からず推測するしか手立てがない。

「あっ！　これ、碧殿が持っていた書物と似てる気がします！」

「碧だと？」

紫曄が眉をひそめた。

碧はつい先ほど凛花に害をなした要注意人物だ。今は神月殿とも繋がりのある朱歌に預けてあるので、屈強な元神月殿衛士《えじ》たちがきっちり見張っているはずだ。

凛花は彼を利用しようとしているらしいが、紫曄にとって碧は凛花を付け狙う男でしかない。凛花の口からその名が出るたびに、その口を塞ぎたくなってしまう。

「はい。碧殿の研究室で見た書物は薬について書かれていたのですが、絵と名称のみで肝心の製法が書いていなかったんです。碧殿は別の書物にあった製法を参考にして薬を作ったと言っていたけど……」

（あれは製法を隠すため、意図して二冊に分けていたみたいだった）

それに元は巻物だったようだと碧は言っていた。この輝月宮《きげつきゅう》にあった本もそんな印象がある。見開きの絵図など、本のノドを考えていない描き方だ。

（ん？　そういえば、碧殿の書物を収めていた箱……三冊は入りそうな箱だったような？　まさか……）

輝月宮《きげつきゅう》と望月宮と神月殿。この三つは基本的に互いに不可侵、それでいて関係は深い。

神月殿にあった本をもとに碧が作り、凛花だけが嗅ぎ分けられた薬の香。輝月宮《きげつきゅう》にあった本に描かれた虎。それにまつわる伝承の絵や、関係していそうな小花園《しょうかえん》の絵図。

（欠けている情報は何？　もしかして、三冊揃ってこそ本当の意味が分かる……とか？）

「あの、主上。望月宮の書庫を見ることは……」

「無理だな。さすがに望月宮は難しい」

皇帝であっても、皇后である望月宮の領分は侵せない。それに望月宮の管理には宦《かん》官《がん》も絡んでいる。

(弦月妃さまの影響が強い現状では無理ね……)

「まあ、お前がさっさと望月妃になれば見られるのだがな」

ぼそりとそう言われ、凛花は顔を上げた。

いつまでも『お預け』をしている凛花に呆れているか、憤っているのでは？　凛花はそんな風に思ったが、見上げた紫曄は穏やかに微笑んでいる。

「……あの、主上」

どうして怒らないのか。どうして強引に迫らないのか。

命令すれば済むことなのに、どうして後宮妃のくせに拒む凛花の我儘《わがまま》を許すのか、微笑んでくれるのか。

紫曄の気持ちはいまいち分からないが、ずっと心に引っ掛かっていた『なぜ人の姿で抱き合うことを避けていたか』を話すべきだ。今、話そうと凛花は口を開く。

「私も話したいことがあるんです。その、えっとですね……」

――なんて言えばいい？

『あなたに抱かれたくないわけじゃないんです』、それとも『後宮妃のお役目を果たす気はあるんです』とか？

(はっ、恥ずかしい……！)

ずっと話そう話そうと思っていたが、何からどう話したらいいのかまで整理できていなかった。凜花はあまりに赤裸々な話題だと頬を赤らめる。

これまで散々裸を見られたり、それこそ裸で抱きしめられたりもしたが、後宮の月妃らしいことや話題には触れたことがない。抱き枕としてのお役目を盾に、心地よいこの関係を壊さないため、無意識に避けていたのかもしれない。

（でも、まだ子供を産むには虎化の不安があって、できれば受け継がせたくないし、何代か後に出るかもしれないし、だからひとまず私の虎化を制御して、封印ができてから……）

でも、それは難しいのではないか？　凜花はそう思う。

紫曄が我慢できないとか、他の妃に目移りしてしまうとか、そういう単純なことだけではない。手掛かりは見つかったが、本当に虎化を制御できるのか。受け継がせないようにできるのか、今は全くの未知数だ。

虎化のことを考え始めると、どうしていいかわからなくなる。紫曄と共に過ごす時間が大切なものであるということは確かなのに、そこに至るまでに凜花が乗り越えなくてはいけないものが多すぎるのだ。堂々巡りになって結局言葉が出てこない。

「あの……」

凜花が俯き、握った自分の手を見つめ口籠っていると、紫曄がすっと腕を伸ばした。

そして、がちがちに緊張していた凜花をぎゅうっと強く抱きしめた。

「お前の悩みは理解しているつもりだ。言い難いことは言わなくてもいい」

囁く声は穏やかで、ぽんぽんと背中を撫でるように触れる掌は温かい。凛花は固くしていた体から力を抜いて、紫曄にもたれかかる。

「……いいんですか？」

凛花はまだ、最下位で責任の軽い朔月妃のままでいたい。しかしそうなると、紫曄は周囲から口うるさいことを言われるだろう。

「構わない。寵姫《ちょうき》の我儘《わがまま》くらい叶えられる。あー……だが、たまには人の姿で抱きしめさせてくれ。どちらの抱き枕も俺には必要だ」

「……たまに、ですよ？」

「善処《ぜんしょ》しよう」

ははっと紫曄が笑う。

凛花は今の気持ちを上手く言葉にすることができなくて、人の姿だというのにスリッと、虎がするように鼻先を紫曄の頬にすり付けた。

伝えたいことは多分『ありがとう』と『甘えたい』だ。

「くすぐったいが……もっとしてくれていいぞ。お前に甘えられているようで気分がいい」

そんな軽口を叩き、紫曄も凛花を真似て頬をすりすり擦り付ける。

凛花はこそばゆさに喉を震わせ、そういえば……と思い出す。頬を擦り付け合う動物は、これは自分のものだと匂いを付けているのだという。それは強力な所有の印《しるし》だ。

（人同士でも、自分のものだと印《しるし》を付けられたらいいのに）

凛花はぼんやりそう思い、ぺろりと紫曄の首筋を舐めそこに口づける。まるで牙を立てる前の虎に似た仕草だ。

「凛花？　俺はお前に食われるのか？」

「……し、失礼しました……ちょっと、満月に煽られたみたいです……」

凛花は頬を赤くし紫曄の肩口に顔を埋める。

月明かりの中、紫曄の香りを胸いっぱいに吸い込むと、不思議と心が満たされていく。

紫曄の香りに包まれるこの時間が好きだ。今はまだ応えられないことがあっても、この気持ちは変わらないと、多分本能が言っている。

「主上。私はあなたと過ごす時間が好きです。……それだけは、知っていてください」

耳元でそっと呟かれた言葉を聞いて、紫曄は嬉しそうに顔を緩めた。

「今日は素直だな。まるで、虎猫のようだぞ？　碧におかしな香を嗅がされたし……虎の気持ちが残っているんじゃないか？　凛花」

「ええ、まあ。でも今夜は星祭の宴で人が多かったですし、まさか虎化してお散歩に出るわけにもいかず……」

牀榻《ねどこ》で虎になることも考えたが、虎になってしまったら一人で大人しくしている自信がなかった。だから早々に就寝したのだが――

「主上。ふかふかの虎の抱き枕、欲しくないですか？」

薄い寝衣越しに感じる紫曄の手は、温かいを通り越して熱いくらいだ。眠いのでは？　心地よく眠りたいでしょう？　と、凜花は頬を擦り付け甘く誘う。

「……そうだな。お前を抱いてぐっすり眠りたい」

「かしこまりました」

凜花は窓際へ向かうと、月を仰ぎ見て、その肩からするりと寝衣を落とす。

すると――

「がぁう？」

空色の瞳をした白銀の虎が、紫曄の膝に飛び乗った。

ふわふわの白い毛並みで頬ずりし、喉を鳴らし甘えている。紫曄はそんな虎を抱きしめ柔らかい胸元に顔を埋めた。そしてスーッと深呼吸をすると、そのまま牀《しんだい》にごろりと寝転んだ。

「はぁ……気持ちいい。ものすごく眠くなってきた……」

「んなぁ……」

きっと今夜。夢の中で白虎は無事に星河《せいが》を渡り、愛しい人に会えるだろう。それから紫曄も、抱き枕と共に朝までぐっすり眠るだろう。

もののけ達の居るところ
ひねくれ絵師の居候はじめました
ふたりきり、だけどにぎやかで温かい同居生活。
神原オホカミ
Ohkami Kanbara
仕事がうまく行かず、
幻聴に悩まされていた瑠璃は
ひょんなことから、人嫌いの「もののけ絵師」
龍玄の家で暮らすことになった。
しかし龍玄の家からは不思議な『声』がいつも聞こえる。
実はその『声』がもののけ達によるもので――?
楽しく日々を過ごしているもののけ達と、
ぶっきらぼうに見えるが
優しい龍玄にだんだん瑠璃の心は癒されていく。
そんなある日、もののけ達の
「引っ越し」を瑠璃は頼まれて……

愛憎渦巻く後宮で
武闘派夫婦が手を取り合う!?

自国で虐げられ、敵国である湖《こ》紅《こう》国《こく》に嫁ぐことになった行き遅れ皇女・劉翠玉《りゅうすいぎょく》。彼女は敵国へと向かう馬車の中で、自らの運命を思いポツリと呟いていた。翠玉の夫となるのは、湖紅国皇帝の弟であり、禁軍将軍でもある男・紅《こう》冬隼《とうしゅん》。翠玉は、愛されることは望まずとも、夫婦として冬隼と信頼関係を築いていきたいと願っていた。そして迎えた対面の日……自らの役目を全うしようとした翠玉に、冬隼は冷たい一言を放ち——?
チグハグ夫婦が織りなす後宮物語、ここに開幕!

定価:726円(10%税込み)　ISBN 978-4-434-30557-3

Illustration:憂

あやかし
鬼嫁
婚姻譚
1 2
著・朧月あき
あやかし
和風・シンデレラ
ストーリー!

あやかし
鬼嫁
婚姻譚
あやかし
鬼嫁
婚姻譚
2
それでも
お前を
愛している

大正十四年、銀座。とあるカフェーで女給の千歳は窃盗事件に巻き込まれる。そこに現れたのは、事件解決のために呼ばれた探偵である兎田《うさいだ》谷朔《やはじめ》という男。彼の華麗な推理で、事態は収束。大団円かと思いきや――

「解決さえすりゃ真実なんかいらないのさ」

なんとその推理内容は、兎田谷自身が組み立てたでっち上げの真実だった！　口八丁でどんな事件も丸く収める、異色の探偵兼小説家が『嘘』を武器に不可思議な依頼に挑む。

◎定価：726円（10%税込）　◎ISBN 978-4-434-30555-9　◎illustration：新井テル子

この作品に対する皆様のご意見・ご感想をお待ちしております。

おハガキ・お手紙は以下の宛先にお送りください。

【宛先】

〒150-6008 東京都渋谷区恵比寿4-20-3 恵比寿ガーデンプレイスタワー 8F
(株) アルファポリス　書籍感想係

メールフォームでのご意見・ご感想は右のＱＲコードから、
あるいは以下のワードで検索をかけてください。

アルファポリス　書籍の感想　検索

ご感想はこちらから

アルファポリス文庫

月《げっ》華《か》後宮《こうきゅう》伝《でん》2　〜虎猫姫《とらねこひめ》は冷徹皇帝《れいてつこうてい》と月《つき》を乞《こ》う〜

織部ソマリ（おりべ そまり）

2022年 9月 25日初版発行

編集－加藤美侑・森 順子
編集長－倉持真理
発行者－梶本雄介
発行所－株式会社アルファポリス
〒150-6008東京都渋谷区恵比寿4-20-3 恵比寿ガーデンプレイスタワー8F
TEL 03-6277-1601（営業） 03-6277-1602（編集）
URL https://www.alphapolis.co.jp/
発売元－株式会社星雲社（共同出版社・流通責任出版社）
〒112-0005 東京都文京区水道1-3-30
TEL 03-3868-3275
装丁イラストーカズアキ
装丁デザイン－株式会社ナルティス
印刷－中央精版印刷株式会社

価格はカバーに表示されてあります。

落丁乱丁の場合はアルファポリスまでご連絡ください。

送料は小社負担でお取り替えします。


ISBN978-4-434-30861-1 C0193